值得珍藏的世界微型小说丛书

世界微型小说佳作精选

本书编写组◎编

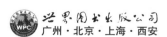

世界图书出版公司

广州·北京·上海·西安

图书在版编目（CIP）数据

世界微型小说佳作精选／《世界微型小说佳作精选
》编写组编 . —广州：广东世界图书出版公司，2010.4（2024.2 重印）
　ISBN 978－7－5100－1516－8

　Ⅰ．①世… Ⅱ．①世… Ⅲ．①小小说－作品集－世界
Ⅳ．①I14

　中国版本图书馆 CIP 数据核字（2010）第 049963 号

书　　名	世界微型小说佳作精选	
	SHIJIE WEIXING XIAOSHUO JIAZUO JINGXUAN	
编　　者	《世界微型小说佳作精选》编写组	
责任编辑	张梦婕	
装帧设计	三棵树设计工作组	
出版发行	世界图书出版有限公司　世界图书出版广东有限公司	
地　　址	广州市海珠区新港西路大江冲 25 号	
邮　　编	510300	
电　　话	020-84452179	
网　　址	http://www.gdst.com.cn	
邮　　箱	wpc_gdst@163.com	
经　　销	新华书店	
印　　刷	唐山富达印务有限公司	
开　　本	787mm × 1092mm　1/16	
印　　张	13	
字　　数	120 千字	
版　　次	2010 年 4 月第 1 版　2024 年 2 月第 11 次印刷	
国际书号	ISBN　978-7-5100-1516-8	
定　　价	59.80 元	

前　言

　　微型小说又名小小说、袖珍小说等。过去它作为短篇小说的一个品种而存在，后来的发展使它已成为一种独立的文学样式，其性质被界定为"介于边缘短篇小说和散文之间的一种边缘性的现代新兴文学体裁"。

　　微型小说这个名词源于美国。美国作家欧·亨利是微型小说的创始人。微型小说具有立意新颖、情节严谨、结局新奇三要素。即在规定的字数以内，要概括出普通小说应具有的一切。

　　微型小说的基本特征，是通过塑造人物形象而反映社会的真实面貌，但它篇幅短，文字少，情节简短而手法明快，而且灵活多变，反映社会生活敏锐而及时，信息量多而快；它将小说与社会，小说与现实关系拉得很近，这种艺术便产生了一种新的、旺盛、持久的生命力，因而也最独立。

　　微型小说的艺术手法很重要，不用高超的艺术手法想要写出脍炙人口的微型小说简直是不可能的，一篇好的微型小说要富有哲理性。它要求作家具有极其敏锐的观察和洞察能力，不放过任何一种能反映日常生活的精彩瞬间，以及能及时住捕捉自己头脑中稍纵即逝的灵感。

　　本书从浩如瀚海的世界各国微型小说中精选了100多篇脍炙人口的名家之作，因入选作品作品的作者大都知名度很高，碍于篇幅所限，故免去了作者生平简历的介绍，望读者谅解。

　　由于编者的学识和水平有限，本书在编辑过程中难免有挂一漏万之处，敬请广大读者批评指正。

目　录

女巫的面包

[美国] 欧·亨利

　　玛莎·米查姆小姐是街角那家小面包店的老板娘（那种店铺门口有三级台阶，你推门进去时，门上的小铃就会叮零叮零响起来）。

　　玛莎小姐今年四十岁了，她有两千元的银行存款，两枚假牙和一颗多情的心。结过婚的女人真不少，但同玛莎小姐一比，她们的条件可差得远多啦。

　　有一个顾客每星期来两三次，玛莎小姐逐渐对他产生了好感。他是个中年人，戴眼镜，棕色的胡子修剪得整整齐齐的。

　　他说英语时带很浓的德国口音。他的衣服有的地方破了，经过织补，有的地方皱得不成样子。但他的外表仍旧很整齐，礼貌又十分周全。

　　这个顾客老是买两个陈面包。新鲜面包是5分钱一个，陈面包5分钱却可以买两个。除了陈面包以外，他从没有买过别的东西。

　　有一次，玛莎小姐注意到他手指上有一块红褐色的污迹。她立刻断定这位顾客是艺术家，并且非常穷困。毫无疑问，他准是住阁楼的人物，他在那里画画，啃啃面包，呆想着玛莎小姐面包店各种各样好吃的东西。

　　玛莎小姐坐下来吃肉排、面包卷、果酱和喝红茶的时候，常常会好端端地叹起气来，希望那个斯文的艺术家能够分享她的美味的饭菜，不必待在阁楼里啃硬面包。玛莎小姐的心，我早就告诉过你们了，是多情的。

为了证实她对这个顾客的职业猜测得是否正确,她把以前拍买来的一幅绘画从房间里搬到外面,搁在柜台后面的架子上。

那是一幅威尼斯风景。一座壮丽的大理石宫殿(画上这样标明)矗立在画面的前景——或者不如说,前面的水景上。此外,还有几条小平底船(船上有位太太把手伸到水面,带出了一道痕迹),有云彩、苍穹和许多明暗烘托的笔触。艺术家是不可能不注意到的。

两天后,那个顾客来了。

"两个陈面包,劳驾。"

"夫人,你这幅画不坏。"她用纸把面包包起来的时候,顾客说道。

"是吗?"玛莎小姐说,她看自己的计谋得逞了,便大为高兴。"我最爱好艺术和——"(不,这么早就说"艺术家"是不妥的)"和绘画。"她改口说,"你认为这幅画不坏吗?"

"宫殿,"顾客说,"画得不太好。透视法用得不真实。再见,夫人。"

他拿起面包,欠了欠身,匆匆走了。

是啊,他准是个艺术家。玛莎小姐把画搬回房间里。

他眼镜后面的目光是那么的温柔和善啊!他前额有多么宽阔!一眼就可以判断透视法——却靠陈面包过活!不过天才在成名之前,往往要经过一番奋斗。

假如天才有两千元银行存款,一家面包店和一颗多情的心作为后盾,艺术和透视法将能达到多么辉煌的成就啊——但这只是白日梦罢了,玛莎小姐。

最近一个时期,他来的时候往往隔着货柜聊一会儿。他似乎渴望着玛莎小姐的愉快的谈话。

他一直买陈面包。从没有买过蛋糕、馅饼,或是她店里的可口甜茶点。

她觉得他仿佛瘦了一点,精神也有点颓唐。她很想在他买的寒酸的食物里加上一些好吃的东西,只是鼓不起勇气来。她不敢冒失。她了解艺术家高傲的心理。

玛莎小姐在店堂里的时候,也穿起那件蓝点子的绸背心来了。她在后房熬了一种神秘的榅桲子和硼砂的混合物。有许多人用这种汁水美容。

一天，那个顾客又像平时那样来了，把 5 分镍币往柜台上一搁，买他的陈面包。玛莎小姐去拿面包的当儿，外面响起一阵嘈杂的喇叭声和警钟声，一辆救火车隆隆驶过。

顾客跑到门口去张望，遇到这种情况，谁都会这样做的。玛莎小姐突然灵机一动，抓住了这个机会。

柜台后面最低的一格架子里放着一磅新鲜的黄油，送牛奶的人拿来还不到 10 分钟。玛莎小姐用切面包的刀子把两个陈面包都拉了一条深深的口子，各塞进一大片黄油，再把面包按紧。

顾客再进来时，她已经把面包用纸包好了。

他们分外愉快地扯了几句。顾客走了，玛莎小姐情不自禁地微笑起来，可是心头不免有点着慌。

她是不是太大胆了呢？他会不高兴吗？绝对不会的。食物并不代表语言。黄油不象征有失闺秀身份的冒失行为。

那天，她的心思老是在这件事上打转。她揣摩着他发现这场小骗局的情景。

他会放下画笔和调色板。画架上支着他正在画的图画，那幅画的透视法一定是无可指责的。

他会拿起干面包和清水当午饭。他会切开一个面包——啊！

想到这里，玛莎小姐的脸上泛起了红晕。他吃面包的时候，会不会想到那只把黄油塞在里面的手呢？他会不会——

前门上的铃铛恼人地响了。有人闹闹嚷嚷地走进来。

玛莎小姐赶到店堂里去。那儿有两个男人。一个是叼着烟斗的年轻人——他以前从没见过，另一个就是她的艺术家。

他的脸涨得通红，帽子推到后脑勺上，头发揉得乱蓬蓬的。他握紧拳头，狠狠地朝玛莎小姐摇晃。竟然向玛莎小姐摇晃。

"Dummkopf！（笨蛋！）"他拉开嗓子嚷道；接着又喊了一声"Tausendonfer（千雷轰顶的！）"或者类似的德国话。

年轻的那个竭力想把他拖开。

"我不走，"他怒气冲冲地说，"我非跟她讲个明白不可。"

"你把我给毁了。"他嚷道，他的蓝眼睛几乎要在镜片后面闪出火来。"我对你说吧。你是个讨厌的老猫！"

玛莎小姐虚弱无力地倚在货架上，一手按着那件蓝点子的绸背心。年轻人抓住同伴的衣领。

"走吧，"他说，"你也骂够啦。"他把那个暴跳如雷的人拖到门外，自己又回来了。

"夫人，我认为应当把这场吵闹的原因告诉给你，"他说。"那个姓布卢姆伯格的。他是建筑图样设计师。我和他在一个事务所里工作。"

"他在绘制一份新市政厅的平面图，辛辛苦苦地干了三个月。准备参加有奖竞赛，他昨天刚上完墨。你明白，制图员总是先用铅笔打底稿的。上好墨之后，就用陈面包屑擦去铅笔印。陈面包比擦字橡皮好得多。

"布卢姆伯格一向在你这里买面包。嗯，今天——嗯，你明白，夫人，里面的黄油可不——嗯，布卢姆伯格的图样成了废纸。只能裁开来包三明治了。"

玛莎小姐走进后房。她脱下蓝点子的绸背心，换上那件穿旧了的棕色的哗叽衣服。接着，她把榲桲子和硼砂煎汁倒在窗外的垃圾箱里。

古堡的秘密

[美国] 凯瑟琳·邓拉

　　前不久的一个晚上，我对几个朋友谈起了我很久以前读过的一个故事。这个故事的题目叫什么，作者是谁，没有人能说得清楚。那是一个用第一人称叙述的故事——

　　法国北部的中央有个叫文丹姆的小镇。镇子里有座古堡，它的大门上了锁，百叶窗紧紧闭着，花园也已经荒废。这一切，使我对它产生了一种不祥的预感，促使我对它作了一番调查。人们告诉我，这个城堡属于德·梅里特伯爵夫妇。伯爵是个傲慢固执、脾气凶恶的人，而他的夫人则不但性格温文尔雅、虔诚热情，而且面貌姣美。许多年来，一直到这个城堡有一天突然变成了一座空城为止，从外表上看，他们夫妇都相处得和谐平静。古堡空了之后，文丹姆的居民便再也没有看到他们。后来，德·梅里特先生死在巴黎，他的妻子则像一个白发的幽灵，居住在很远很远的一块领地上。

　　有一天，我发现我下榻的那家旅店的女仆罗萨利曾经做过伯爵夫人的侍女，便想了很多办法去说服她，求她让我对这个古堡有更多的了解。最后，她终于同意了，向我揭开了这个古堡的秘密。

　　那是一个很平静的家庭。先生有点儿刚愎自用，对人苛刻，但夫人却极温柔，对丈夫百依百顺，甚至在那年夏天，当夫人偶染小恙，而先生为了不受打扰一个人搬到了楼上的卧室，她也毫无怨言。也许，对她来说，能独处一室倒是一种解脱吧。她那间宽敞的卧室在古堡的底层，下面是缓缓流过的小河，对面是一座美丽的花园。卧室的一端有个壁炉，另一端立着一个大衣橱，里面挂着夫人的各色衣服。

夫人生病期间，伯爵便在俱乐部玩纸牌或者谈论政治，以此度过每一个夜晚。那时候，文丹姆镇来了很多西班牙人——被拿破仑皇上假释的战俘。罗萨利特别注意到一个英俊的西班牙贵族青年，他离群索居，从不与人交往，每天傍晚，他都要作一次长时间的散步，有个马夫甚至还看到夜已很深了他还在古堡附近的小河里游泳。

伯爵晚上从小镇回家，每次都是径直走向自己的卧室。可是，秋天的一个深夜，他从俱乐部回来，却把提灯放在楼梯脚下，沿着那条拱形的石子小径，朝他妻子的房间走去。当他来到卧房门外时，好像听到了妻子的衣橱门很快被关上的响声。可当他走进房门时，她却正站在壁炉前。

"您回来迟了。"夫人平静地说。正在这时，罗萨利从前厅走了进来，刚才关衣橱门的当然不会是她了。罗萨利在先生的脸上看到了先是怀疑、而后是愤怒的表情。她赶快从房里退了出来。这时，她听到了先生冷若冰霜的声音：

"夫人，有一个人在衣橱里。"

他的妻子十分肯定地回答："没有，先生。"

他朝衣橱走去，可是夫人把他叫住了。

"假若你在那里面找不到什么人，那么，我们之间的一切就该从此完结了。"她告诉他。

他不怀好意地看着她说：

"好的，我先不打开它。听着：您灵魂的救世主，对您来说该是够重要的了。您发誓那里面没有人，我就答应您这扇门可以让它关着。"

他摘下了她的十字架——那种不常见的西班牙式的紫檀木带银丝链的十字架。夫人颤抖着把手放在十字架上，轻声地说："我发誓。"

"去叫你的女仆来吧。"他命令她。

罗萨利进来了，他对她说：

"去把泥水匠戈雷伏罗特叫来，让他带上泥刀，还有修马厩剩下的砖头和灰浆。"

吓坏了的罗萨利匆匆去执行他的命令。当她把那疑惑不解的泥水匠带进来以后，伯爵马上命令他说：

"立即在衣橱门前砌上一道墙。这件事做好之后，只要你不多嘴，你永远不必担心缺钱花。罗萨利也是一样。"

他监视着泥水匠的工作。过了一会儿，夫人叫罗萨利去取一条披巾，她的冰冷的手抓住了侍女的手指。

"告诉戈雷伏罗特，不管怎样要留下一个口不要砌。"她低声地说，然后又大声地补了一句，"去多拿些蜡烛来，让泥水匠看得清楚些。"

四周一片寂静，只有泥刀嚓嚓的响声。墙慢慢地变高了。当砌到快平橱顶的时候，戈雷伏罗特乘主人把脊背对着他的时机，用泥刀把衣橱顶上的玻璃击碎了。一双充满恐惧的深灰色大眼睛露了出来；随着伯爵倏地转过身子，它们马上又消失了。

破晓时分，墙砌好了。伯爵叫来他的侍从。

"我妻子病了。"他说，"我不能离开她，你把三餐饭都送到这里来。"

伯爵寸步不离地在妻子房里呆了 20 天。在头几天内，衣橱里一度传出过微弱的气息声。这时，处在半昏迷状态的夫人哭了起来。但是，伯爵却阻止她说出她本当要说的话：

"您宣过誓说那里面没有人。这，就已经够了。"

之后，卧室里除了夫人悄悄的哭泣声，就再也听不到别的任何声音了。

在柏林

[美国] 奥莱尔

一列火车缓慢地驶出柏林，车厢里尽是妇女和孩子，几乎看不到一个健壮的男子。在一节车厢里，坐着一位头发灰白的战时后备役老兵，坐在他身旁的是个身体虚弱而多病的老妇人。显然她在独自沉思，旅客们听到她在数着："一，二，三。"声音盖过了车轮的"咔嚓咔嚓"声。停顿了一会儿，她又不时重复起来。两个小姑娘看到这种奇特的举动，指手画脚，不加思索地嗤笑起来。一个老头狠狠地扫了她们一眼，随即车厢里平静了。

"一，二，三。"这个神志不清的老妇人又重复数着。两个小姑娘再次傻笑起来。这时那位灰白头发的战时后备役老兵挺了挺身板，开口了。

"小姐，"他说，"当我告诉你们这位可怜的夫人就是我的妻子时，你们大概不会再笑了。我们刚刚失去了三个儿子，他们是在战争中死去的。现在轮到我自己上前线了。在我走之前，我总得把他们的母亲送往疯人院啊。"

车厢里一片寂静，静得可怕。

夜归人

[美国] 爱伦·坡

　　年轻的妇人静静地站在窗台前面，她像是盼望着什么似的，倾听着屋外的动静。屋子里只有她一个人。窗外在下着大雪，这是今年冬季的第一场喜雪，大雪覆盖了窗外那荒寂的大草原。妇人隔着窗户痴痴地向外望去，但她什么也看不见，只有单身孤影投在那铮亮的窗玻璃上。

　　此时，她比任何时候都感到孤寂和害怕。她丈夫常常出门远走，一去就是好几天，只留下她一个人守在家里。但是，这次的情况就大不相同了，现在她已确知自己怀孕了。她恨自己为什么不把这件喜事早点告诉丈夫。

　　他已经对工作产生厌烦的情绪了，如果知道她已有了身孕，一定不会再出远门的。然而她却不愿意让他为自己而焦灼。她回想起几小时前的一个插曲：他告诉她关于那一包钱的时候，正是站在这个窗台前，双手轻轻地搭在她的肩膀上。做丈夫的是一位边区的税务员，把一大包税款拿回了家，放到一个饼干箱里，藏到厨房的地板底下。

　　"为什么呢？"

　　唉，倒大霉了！小俩口自己的那一点存款，存在老远的一家农村银行里了，现在银行就要倒闭了，他只好赶快去取回他们的钱。然而他却不敢随身带着公款跑这么远，所以把它藏在家里了。

　　"你得答应我，我不在家你千万别离开屋子，"他说，"不许让任何人进房子，无论说什么都不能让人进来。"

"好的，我答应。"她说。

现在，他已经走了好几个小时了，天色已昏沉下来，夜幕降临了。大雪和黑暗笼罩着孤寂的木屋。她听到了声音。这不是风声，风吹门窗的声音虽然像有人想偷偷地进来，可是她能分辨得出，她听到的是一阵敲门声。声音很低，但很急促。妇人把脸紧贴着窗户边，只见有一个人靠在前门。

她连忙走开，从壁炉边取下了丈夫的手枪。真倒霉，这是一支没有用的手枪，好的那一支和火药筒都让丈夫给带走了。她只好拿着空枪，快步走到紧紧地锁着的大门边。

"是谁在外边？"她喝道。

"我是伤兵，迷了路，走不动了，请您做件好事，让我进来。"

"我丈夫吩咐我，他不在家，谁也不让进来。"年轻的妇人实实在在地告诉他。

"那么，我就只好死在你们家门口了。"

再过了一会儿，他又恳求说："你打开门看看我，就知道我不会伤害你的。"

"我丈夫是不会饶恕我的……"她哭诉着，开门让他进来了。这伤兵的确已筋疲力尽，似乎就要垮了。他高个子，步履踉跄，苍白粗糙的脸，手臂上包扎着绷带，浑身是雪花。妇人让他到火炉边，坐在她丈夫的椅子上，替他洗伤口，换绷带，又把准备自己吃的夜餐给他吃。等他吃完，她已经在后房里用地毯为他铺了一张床。他往床上一倒，似乎马上就睡着了。

真睡着了还是假的？是在骗她，等她去睡觉吗？妇人在自己卧室里走来走去，心里忐忑不安，像是要出什么乱子。深夜里，万籁俱寂，只有炉火劈劈啪啪地低声作响。忽然有一阵非常低的声音，很轻，显然是有人在干什么，鬼鬼祟祟的，比老鼠偷啃东西的声音还要轻。这到底是哪儿来的声音呢？难道是隔壁房里的那个男人？想到这，她拿起灯，轻轻地走到狭窄的通道，站着静听。伤兵的呼吸声音不会那样响，准是故意装的。她把门推开，走进后房，俯身去看那伤兵；只见他睡得很甜。她走出房间，立刻又听到了那个声音。这次她知道了：有人在撬前门的锁。妇人立刻从工具箱里拿出丈夫的一把折式洋刀，然后轻轻摸到那伤兵床边，推醒他。他哼了一声，睁开了眼睛。

"你快听！"她低声地说，"有人要偷进屋里来，你来帮我一下忙！"

"谁要偷进来呵？"他困倦不堪地说，"这又没有什么东西可偷的。"

"有的，有很多钱，藏在那厨房地板底下。"这件事怎么可以告诉他呢？她恨不得咬断自己的舌头。

"那么，你拿我的手枪，我右手伤了，拿不了枪，你把刀给我。"他说。

妇人迟疑了片刻。这时，又听到前门被撬的声音。她立刻把刀递给伤兵，自己拿起了他的手枪。

"你来对付头一个进来的人，"他说，"靠近门边站着，门一开就开枪，枪里有六发子弹，一定要打到他倒下来动不了为止。我拿着刀，在你后边，应付第二个进来的人。我们一站好位置就把灯吹灭。"

顿时，屋子里一片漆黑。撬锁的声音停止了，传来了扳扭东西的声音，门锁被打掉了，门开了，溜进了一个人来。刹那间，白雪衬托着那人的身影，她看清楚了。立刻一枪打去，那人倒下了，但马上又踉踉跄跄地站起来，妇人再开了一枪，他这才慢慢地倒下。脸碰着墙脚，再也不能动弹了。

伤兵俯着身子，咒骂了一声，然后叫道："原来只有一个人！好枪法呵，太太！"接着，他把尸体翻过身来仰天躺着，这才看到这强盗还蒙着一个面罩。伤兵把面罩揭开，妇人凑近去看。

"认识这个人吗？"伤兵问。

"从没见过！"她说。这时的妇人比任何时候都有勇气，盯着死者的脸，看着这个回来抢劫自己的人——她的丈夫！

镇上最漂亮的女孩

［美国］ 泰勒·温斯路

瑞拉·玛莉从十三岁起就为她的长相感到难过。那时，她长得比其他的女孩子都高，为此她感到很难为情，另一方面她觉得自己太瘦了。

到二十岁时，她确信她的长相实在有点太难看了。其他所有的女孩子看上去都小巧玲珑，动人可爱。可瑞拉的衣服总是皱巴巴地穿在身上。

男孩子和女孩子们都喜欢瑞拉，她是个好女孩——如果忘掉她的长相的话，她的头发也不对劲，总是一串一串的，但她有一张快乐的脸。

尽管如此，瑞拉有了一个男朋友——帕特·鲁迪，他的父母开着一间杂货店。帕特并不是什么引人注目的人物，但凭瑞拉的长相，这已经挺不错了——人们都这样认为。

瑞拉对帕特很感激，因为帕特待她很好，她当然也很关心帕特。她觉得和帕特在一起很有趣。瑞拉应该很满足了，要不是她又喜欢上了山姆·特纳德的话——山姆是镇上令人关注的人物。他父亲是位银行家，非常富有。母亲是镇上社交活动的组织人。另外，山姆高大而又英俊。

帕特开始和父亲一起经营杂货店，山姆则进了银行。这是小镇上男孩子们的选择。

瑞拉什么也没干。她的父亲有足够的钱养活她。她总和帕特一起去约会——远远地羡慕地看着山姆。镇上的人觉得瑞拉会嫁给帕特，而帕特会接替他父亲的杂货店。

如果不是莱斯利·杜兰特先生的出现，这一切都会发生的。莱斯利·杜兰特先生是一位著名的杂志插图画家。他到镇上来看他的姨妈。当然，他参加了各种聚会。他是一个社交明星，在镇上只呆了几天——但却长得足够发生什么事了。

他看到了瑞拉·玛莉。瑞拉站在门边看着山姆，并不知道她的脸上把她所想的都显露了出来。没有人注意到这点——除了杜兰特。他看到瑞拉穿着件不合身的衣服，头发不平整；山姆却衣装得体，充满自信。接着，帕特带着瑞拉去跳舞了。

第二天，杜兰特作出一项惊人的宣布。他告诉每一个听他讲话的人，瑞拉·玛莉是目前镇上最漂亮的女孩，是他所见过的最漂亮的女孩。

当杜兰特自己告诉她这话时，她一时不知所措，好不容易说出"谢谢"两个字来。随后，她羞答答地找到杜兰特。"我希望您能告诉我，怎样才能使我变得好看点？"她不好意思地问道。

杜兰特和瑞拉的母亲对瑞拉的服饰进行了一番打扮。杜兰特帮她重新梳理了头发，告诉她应该穿什么样的衣服。

那天晚上为杜兰特举行了舞会——这是他在镇上呆的最后一晚。瑞拉头一次成了引人注目的中心。杜兰特满意地看到山姆专心致志地和瑞拉一起跳舞，瑞拉用热切的眼光看着他——以前山姆从未注意过她。

杜兰特回到在纽约的家，投入繁忙的工作，很快忘了这件事。时光流逝，直到有一天……

杜兰特正在一家餐馆一人吃午饭，一位动人的高个妇人朝他走来。"您不认识我吗？"妇人问道。"我是瑞拉·特纳德——您认识我时我叫瑞拉·玛莉。您到过我住的镇上——改变了我的生活，您记起来了吗？"

"哦，当然"，杜兰特说。"我记得，那是我试图改变一个人命运的一次尝试。"

"您做得非常好！"瑞拉说，话音里有种奇怪的语调。

"你和你喜欢的那个男孩子结婚了，对吧，他叫特纳德，对吧？"

"是的，"瑞拉说。"您怎么记得他的名字？又怎么知道我喜欢他？"

"我擅长记人的名字。当时我看见你盯着他的眼神，就什么都知道了，一切就这么简单。"

"是吗？"瑞拉说。"这真有趣，不是吗？我和帕特在一起，又爱上了山姆，我很自卑和不高兴。您突然说我很漂亮——很自然地我成了位漂亮的姑娘。男孩子们都想和我约会，山姆和我就结了婚。"

"太棒了！"杜兰特高兴地笑道。"你现在过得怎么样？""不值一提，"瑞拉说，"山姆和我结婚了——我们相处得不好，尽管开始我很幸福。特纳德家的银行倒闭了，所有的钱都没了——我们家也存了钱在银行，当然也没了。山姆又爱上了一个女佣，我们离了婚。三年来，我一直在一所女子学校教书。"

"真糟糕！"杜兰特说。"但也许这比你嫁给帕特强点？"

"可能吧，"瑞拉说。"帕特接替了他父亲的杂货店，和镇上最漂亮的女孩结了婚，他们有三个孩子，过得非常幸福。他变得雄心勃勃，还开了连锁杂货店。现在他是镇上最重要的人物了。"

父亲没有赴约

[美国] 罗伯特·诺格斯

这个故事发生在风景如画的国家——丹麦的小客栈里。这种客栈通常供应游客食物和饮料，并且这儿的人们都讲英语。我和父亲因为生意上的事，也因为旅游来到了这样的客栈，过着愉快的时光。

"我希望母亲和我们一起在这儿。该多好阿！"我说。

"如果你母亲来这里，带着她去附近旅游一定非常惬意！"父亲说。

年轻时他曾经在丹麦旅游参观。我问："您自那次旅游后离开此地到现在有多长时间了？"

"哦！大约三十年。我依稀记得路途上曾经到过这个客栈。"他朝周围看了看，沉浸在回忆的气氛中。"那是多么美好的日子……"突然他沉默了，我看见他的脸变得异常苍白。随着他的视线望去我发现一个太太手里拿着一托盘饮料站在一群顾客面前。看得出她从前也许很漂亮。但现在发胖了，头发显得有些零乱。我问父亲："您认识她么？"

"从前认识。"他说。

这位太太来到我们桌前，问："要饮料吗？"

"我们要啤酒。"我说。她点头答应着走了。

"她变得太多太多了。感谢上帝她没有认出我，"父亲轻声低语，手里拿着手帕做了个鬼脸。"在遇到你母亲前我曾经认识她。"他继续说，"那时我还是个学生，到这里来旅游。她当时是个年轻可爱的少女，温文尔雅，妩媚动人。我们疯狂地相爱了。"

"母亲知道此事吗？"我突然忿忿不平地说。

"当然知道。"父亲焦虑地看着我，轻声说。我能感觉到他此时的窘迫。

我说："爸，您大可不必……"

"假如你母亲在这儿，她将告诉你这一切。我不想让你为此操心。那时我对她和她的家庭来说完全是个外国人。当时我的生活完全依赖你爷爷。如果她跟我结婚，她不会有任何前途。所以她的父亲竭力反对我们的风流韵事。当我写信告诉父亲我想跟她结婚时，你爷爷便拒绝提供哪怕是一分钱的援助。于是我不得不返回故乡。但是临走前我们见过一次面，我告诉她我必须回美国去借些钱，几个月后回来便跟她结婚。

"我们知道，"他继续说，"她的父亲可能会拦截我们的来往信件，所以我们决定，我将简单地给她寄一个纸条，告诉她我们见面的时间和地点，在那里我们将举行婚礼。然后我就回美国贷了款并写信告诉她见面的事。她收到信后复函说，'届时我将如期而至。'可是她没有去。后来我了解到她在约定日期两周前和当地的一个客栈老板结婚了。她没有等到我们预定的时刻。"

接着，父亲说："感谢上帝她没有赴约，回家后我遇到了你母亲，我们过得非常幸福。我们常为这件年轻时的骑士故事说笑寻开心。我提议将来你把此事写成文字。

那位太太拿着啤酒出现在我们面前。

"你是从美国来的吗？"她问我。

"是的。"我说。

她微笑着说："哦，美国，令人神往的地方。"

"是的，你的许多同胞都去了美国，你考虑过此事吗？"

"不是我，不是现在。"她说，"很久以前我曾经想过。但最后我还是留在了这里。留在这里挺不错的。"

喝罢啤酒我们离开了客栈。我问父亲："爸，您给她的信上的日期是怎么写的？"

他停下脚步，掏出一个信封在上面写了几个字。"像这样，"他说："12/11/13，就是说1913年12月11日。"

"不！"我惊呼，"在丹麦和其他任何欧洲国家不是那个日期。在这些地方，人们按日、月、年的顺序写日期。所以你写的日期不是12月11日而是11月12日！"

父亲用手捂住脸。"哦！她到了那里！"他惊叫道，"只因为我没有赴约，她才跟别人结的婚。"他沉默了片刻。"还好！"他说，"我衷心祝愿她幸福。实际上看来她似乎确实如此。"

当我们总结此事时我突然说："这真是件幸运的事，否则不会遇上我母亲。"

父亲双手放在我肩膀上，温和地看着我，微笑着说："我是双倍的荣幸，小伙子，不然的话我既不会遇上你母亲，更不会遇上你。"

上　钩

[美国]　G·亚历山大

詹卡西先生一边吃着早餐，一边看着当天的晨报。

"亲爱的，有什么惊人的报道吗？"詹卡西太太正忙着往面包上涂果酱。她总是嫌女仆露茜涂得不好，而自己动手会使丈夫感到双重的情爱。

"拉斯维加斯有一起惊人的抢劫案，事主被劫十六万美元。歹徒如何得手，原因尚且不明……"

"先生、太太，有个陌生客人要见你们。"露茜走进餐厅，打断了詹卡西先生的念报声。

詹卡西太太嚷着："这人没教养，这种时候来拜访人。别让他进来，谁担保他不是劫匪。"说着干脆把一团果酱塞到嘴去。

露茜说："我让他在外面等，他问我有没有丢了钱。"

詹卡西先生说："请他进来吧。"说着擦擦嘴，站起来往外走去。

詹卡西太太瞪大了双眼："你丢了钱，居然不告诉我，你这天杀的！"

可她丈夫已经出去了。等到詹卡西太太来到客厅时，一个人正把一捆钞票递给她丈夫。陌生人说："我揣摩着就是你们遗失的，只有像你们这样住得起阔气房子的人，才会有这么一大笔钱。"

下面的对话詹卡西太太没有仔细听，她在费劲地猜想着丈夫从哪里来的这笔钱。这太可怕了，丈夫居然对自己不忠实！而且这陌生人居然会送回来，按照报纸的说法，他可以当选为今年拉斯维加斯头号傻

瓜······

直到陌生人向她告别，她才从沉思中清醒过来。送走了客人，她一言不发，等待着丈夫的解释。

詹卡西先生陪着笑脸道："对不起，亲爱的。昨天公司给了我一笔奖金，可是我丢了，所以我不敢告诉你。现在难道不是上帝的旨意吗？钱回来了。"

詹卡西太太这才转怒为喜，高兴地把钱点了一遍，锁进了保险柜。可是到她独自喝下午茶的时候，心里又嘀咕起来。有哪个公司会发这么一大笔奖金？足足一万啊！一贯马大哈的詹卡西太太这次却出人意料地细心起来，她决定请私家侦探社帮一下忙。

一星期后，报告送到了詹卡西太太手中：詹卡西先生循规蹈矩，没有外遇，只是找了几次一个在警局谋生的老同学鲍勃喝酒。他所在的公司没有发过任何奖金。

这真是一个斯芬克斯似的谜！詹卡西太太考虑再三，决定今晚和丈夫摊牌，她可不愿意有一个对妻子保守秘密的丈夫。

夫妻俩在餐桌旁坐好，詹卡西太太发难了："亲爱的，那一万元······"

"先生，太太，那个人又来了。"露茜打断了她的话。

詹卡西太太一下没有回过神来："谁，那个人是谁?"

露茜说："他说肯定是先生丢了钱。"詹卡西太太一下子跳了起来："什么，又丢了钱，又是他捡到的?"

夫妻俩来到客厅，陌生人满脸笑容地迎上来："詹卡西先生，我经过您家门口，见到了这皮包，一下子就认出来了。您瞧，天底下竟有这么巧的事！"詹卡西接过钱包，掏出一叠厚厚的钞票。詹卡西太太正自吃惊，却听陌生人说："如果两位不介意的话，我将送给你们一件礼物。"

夫妻俩刚刚抬起头来，陌生人已经用一支精巧的小手枪对准他们："最好别动，先生、太太，如果不想让我开枪的话。"

陌生人微笑着把一根绳子给呆若木鸡的詹卡西太太："太太，请您把您丈夫捆起来，动作要快。"

就这样，詹卡西夫妇和露茜都被捆起来了。陌生人往俘虏嘴里塞着布条，说："对于一个没有丢钱而又问心无愧地认领失款的人来说，这就是头等的报酬。我在拉斯维加斯干了十几回了，还没有一个人是拒绝送上门的一万元的。"看着陌生人向卧室的保险柜走去。詹卡西太太又气又急：原来这人就是拉斯维加斯的头号窃贼，他每次先奉送一万元，好让那些昧良心的人收下；他也乘机摸清情况，甚至与事主交上朋友。所以，当他劫走财物后，事主惧于名誉，只好来一个"歹徒如何得手，原因尚且不明"。

陌生人夹着一个小包出来，打了个手势说："再见了，上钩的鱼儿。"

"您好，上钩的鱼儿。"锁着的门突然开了，一个拿枪的人带着好几个人走了进来。陌生人听了拿枪人的话，呆住了。

詹卡西太太认出来了，拿枪人是詹卡西先生的老同学——鲍勃。

桥孔下的绳索

[美国] 詹姆士·阿诺德

　　他站在阿拉巴马的一座铁路桥上，双眼凝视着桥下果溪河湍急的水流。他的双手被反绑着，一根绳索绕过他的脖子，另一端系在了他头顶桥的高架上。三个北军士兵站在这个囚犯的近旁，等候着上尉下达执行绞刑的命令。

　　一切准备就绪。囚犯闭上了眼睛，最后一次想他的妻儿。但是，此时，却听到一种连续不断的声音——很微弱，但越升越高，刺痛了他的眼膜。痛楚太强烈了，他想大叫……然而声音只不过来自桥下流水永远的激荡。

　　他重新睁开了眼，打量着桥下的流水。如果我的手能松开，他想，"我就能弄掉脖子上的绳索跳进河里。我可以从河底游走，避开他们的枪击，爬上河对岸，穿过森林，回到家中。家就在战火区外，妻子和孩子在那里都很安全，我也会很安全的……

　　就在这些念头飞驰过他的心中时，上尉向士兵下达了行刑令。三个士兵套紧了囚犯脖子上的绳子，然后把他从桥孔中推下去。

　　当他下落时，一切事物都变得黑蒙蒙与空洞洞。然而接着他感到他的脖子一阵剧痛而不能呼吸。他无法思维，只觉得沉浸于痛楚的恍惚世界。

　　然后，他听到了一个声音……是东西掉进水里的声音。有声巨响传入了他的耳朵，他周围的一切变得阴冷而黑暗。这时他能思考了，他认为绳子已经断掉，他掉进了河里。

但是绳子仍然绕着他的脖子，他的双手依然被绑着。接着他感到身子向水面上浮。

囚犯在无意识的状态中，双手触到了脖子上的绳索并扯开了它。然后他用双手推水，使自己头部浮出了水面。阳光刺激着他的瞳仁。他张开嘴唇吞咽着空气——但对他的肺部显然太多了。他尖叫一声，把气吐了出来。

现在，囚犯能够更清晰地思考了。他所有的感觉比以前更加敏感。他听到了从来没有听过的声音——人耳所听不到的——小昆虫的振翅飞翔声，以及鱼的游水声，他的双眼不仅看到了沿河的树木，还看到了树上的每一片树叶，而且更瞧见了叶上的细小纹脉。他也看到了桥及一边的桥墩。他瞧见上尉和他的三个士兵，他听到了枪声。有东西击在他头部附近的水中，接着又再度射来。他看到一个士兵在向他射击。

他明白他必须跑进树林才能逃走。他听到上尉在命令余下的士兵射击……

囚犯潜进水里，尽量往深处游去。河水在他的耳畔激起隆隆巨响，但他仍可听到枪声。

当他再浮上水面时，他看到子弹击在水面上，有些还擦到他的脸上及双手，有一颗甚至落在他的衬衫上。他感觉到子弹的铅头就在他的背上。

他把头伸出水面换气时，看到自己离开那些士兵更远了，他开始用劲地游起水来。

在他游水时，士兵们举着步枪向他射击。然后他们用炮击，但都没有击中他。接着他突然游不动了，他被卷进漩涡里不停地打转。他以为这下完了。尔后，就如他被卷进时一样的突然，漩涡把他卷高起来，并且把他掷出河外。他竟然着陆了。

他吻着地面，然后四下望望。空中一片淡淡的红光，风吹过树木时好像在奏乐一般。他想在那里停留一下，但是炮火又轰过来了，而且他听到子弹在他头顶上呼呼而过。他起身跑进树林里。终于，他发现一条通向他家的路。那是一条宽宽的直路，但看起来却像从来没有人走过的样子；两边没有农田，没有房舍，只有高高的黑树。

在那些高大的黑树里，囚犯听到奇怪的话声，有些话他一点也听不懂。

他的脖子开始痛起来，他伸手去摸时，觉得肿得很大。他的两眼疼得无法闭起来。他的脚在移动。但他感觉不到路面。

他处在一种睡眠状态中行走着。这时。他发现自己已走到了家门口，爱妻向他跑来，啊，终于到家了。

他伸出双臂去搂抱他美丽的妻子。就在这时，他感到他的颈后一阵可怖的痛楚，而他的周遭是一片茫茫的白光以及大炮的炮声——然后是一片黑暗和死寂。

囚犯死了，他的脖子断了。他的身体悬在一条绳索的尾端，在果溪桥桥孔下轻微地荡来荡去。

春天的投资

[美国] 帕翠苗·沙利文

  我竭力说服自己早点起来。自从我们最小的儿子带着他的新娘离开我们以后，一天的大部分时间只我一人在家。我的丈夫也在城里上班，因此白天我总是睡懒觉。

  我最终还是使自己从床上"站"了起来。想起该检查一下马桩子，看着马匹是否拴牢。我来到了农场空关着的旧农舍，发现有块窗玻璃碎了，前门微开着，我儿子放在那儿的自行车不翼而飞了！

  我向警官报告了失窃案。第二周警官打电话通知我小偷已抓到，并问我是否打算起诉他们，我说当然是的。

  在警署的大厅里，有两个弱小的男孩坐在那里，头发蓬乱，大眼睛里满是恐惧，不由让人想起受了惊吓的小松鼠。他们被带进了办公室。

  "请等一下。"我说，"是否另有解决的办法？可否让这两个孩子为我工作一个春天？"我问道，"他们能赚到足够的钱赔偿那辆自行车，我也能得到一些帮助，而他们又能明白劳动的艰辛。"法官透过眼镜瞥了我一眼，"当然可以，但我希望你能明白将会遇到什么麻烦。少年犯监管员每周将来检查一次。"

  星期六早晨七点整，我被敲门声吵醒。那两个孩子站在门廊前，在清晨刺骨的寒风中哆嗦着，我邀请他们进了屋，并为他们准备了早点。

  我在做祷告时，他俩转动眼珠，互相挤眉弄眼。交谈中，我得知他们只有十岁和八岁，在同一个学校同一个班上学。十岁的那个父母去年离婚，已先后转了三次学。另一个男孩的母亲因丈夫之死，精神压抑已有好几个月了。

我们在花园里一直干到中午。因为我很累，我们就在小食店买了汉堡包当午饭。我让他们下星期一早晨九点来。

可第二天早晨七点，我又被吵醒了，仍是那两个叫齐本和戴尔的男孩。"我仍有件礼物要送给你。"齐本说话时戴尔递过一条蛇。

我咬牙又把蛇递回去："非常感谢，小伙子们，劳驾把蛇放到花园里去，也许它可以消灭一些昆虫。"两个男孩不由得面面相觑。

星期一很快就到了。我向男孩们解释菜苗和野草的区别。他们总有许多问题可问，我们在一起谈论生态平衡、野外生活和摇滚乐队等问题。等他们狼吞虎咽吃完午餐，我就给他们讲多年前曾逗乐过我的孩子们的故事。

两个男孩在农场里搭棚、松地，种植芍药、蝴蝶花，帮着浇水、除草、采摘他们的劳动的果实。我们一起度过了整个夏天，一起去徒步旅行，一起去野餐。初秋时，我们种植了郁金香、水仙花和藏红花。齐本和戴尔问我为何要买这许多快枯死的"旧灯泡"，我则回答说它们会开出美丽的花朵——它们是我对"春天的投资"。

每星期我总向少年犯监管报告平安无事。

终于，孩子们还清了他们的欠债，并且有足够的钱买自己的自行车。学校开学了，但星期六和假日他们仍常来帮忙，自豪地向我显示取得进步的成绩单。

第二年春天，我病愈出院回家。齐本和戴尔骑车从镇上来看我——与往常一样，七点整。他们送我一大束他们种植的郁金香花。

从厨房拿出我们一起做的草莓酱，一些饼干和牛奶，我拿起一块饼干就往嘴里塞，两个男孩齐声说："哦，别忙！用餐前让我们先做祷告！"

我顺从地听着他们责怪我。我春天的投资终于盛开了。

父亲和儿子

[美国] 鲍布·格林

一天早上，路过亚特兰大航空港时，我赶上了一趟从市区终点把飞机乘客运往登机口的短程火车。这些火车整天来来回回的，虽然分文不取，一尘不染，但却显得干巴巴、冷冰冰的。

没几个人觉得坐这些火车有什么好玩的。可就在这个星期六，在这趟火车上，我却听到了笑声。这是第一节车厢，在它的前部，有个男的，还有他的儿子。他们正朝窗外看着车前方的轨道。我们这列火车停下来让乘客下完车，然后门又关上了。"走嘞！抓紧我呀！"父亲说。那个男孩大约五岁左右，高兴得嗷嗷直叫。

我知道，在当今时代，我们应当避免提及种族差别。所以我希望如果我提到了，没人会介意。那天车上大多是白人，都是一副出差或是外出度假的很像样的打扮，而只有这父子俩是黑人，身上的衣服说有多便宜就有多便宜了。

"瞧那边！"父亲对儿子说，"看见那个飞行员了吗？我打赌他正朝着他的飞机走去。"儿子就把脖子伸得老长老长地朝那边看。

下了火车，我才想起忘了在市区终点站买一样东西。我的那趟航班还早，所以我决定坐回去。

我坐回去买了那样东西——正当我又要登上我那班车时，我又看见那个男的和他的儿子。他们也回来了。这时我才意识到他俩并不是要去

26

赶航班，而只是为乘车而乘车。

"现在想回家吗？"父亲问。

"我想再坐一会儿！"

"再坐一会儿？"父亲装出一副生气的样子，但实际上很高兴，"还没坐烦吗？"

"好玩着呐！"儿子说。

"那好吧！"父亲答应道。有扇车门打开了，我们都上了车。

有的父母有钱把子女送到欧洲或迪斯尼乐园去玩，可结果孩子却堕落了。有不少父母住在价值上百万美元的豪华住宅里，他们的子女有小汽车，有游泳池，可他们的孩子却总要出些问题。无论是富人还是穷人，黑人还是白人，他们的孩子总是要出如此如此之多的问题，总是如此如此地经常出问题。

"爸爸，这些人都往哪儿去呢？"儿子问。

"到世界各地去。"父亲说。航空港里的人们不是正准备飞往遥远的目的地，就是正在到达他们旅途的终点。而这父子俩却只是坐在这趟短程火车上玩，他们相互陪伴，兴奋不已。

在这个国度里，麻烦够多的了——犯罪、惨无人道的杀戮、教育水平的下降、大庭广众下的肮脏下流……有多少个"怎么办"的问题等待着回答啊！这里有一个父亲，他特意与儿子共度这一天，他在星期六的早上作出了这个安排。

问题的答案再简单不过了：这是真正愿意花时间的、真正重视孩子和尽最大努力的父母。这样做不花你一分一文，却是最值得的。

火车慢慢加快了行速。父亲指点着某个东西，那个小男孩又笑了起来——答案就这么简单。

一双靴子

[美国] 查辛

在我的记忆深处，珍藏着一双靴子，一双得之于半个多世纪以前而今依然完好如初的靴子。它不仅铭刻着一个流浪汉的颠簸之苦，也深藏了一位陌路人的关怀之心。

那是在大萧条时期的一个冬天，当时二十岁的我已经独自在外乡闯荡了一年多，一无所获的磨难使我心灰意懒，蜷缩在闷罐车里做着回家的梦。当火车路经一个不知名的小镇时，我下了车，希望能碰上好运气，找到一个打工的机会。一阵刺骨的寒风向我表示了冷冷的敌意，我使劲裹了裹自己的旧外套，但还是被冻得直打战，尤其糟糕的是脚上的那双半统靴已不堪折磨，像它主人的梦想一样地破败了——冰水毫不客气地渗入了袜子。我暗暗地向自己许了个愿，要是能攒下买一双靴子的钱，我就回家！

好不容易找到了山边的一个小木屋，不料里面早有几个像我一样的流浪汉了。同病相怜，他们挤了挤，为我挪出了一个位置。屋里毕竟比野外暖和多了，只是刚才被冻僵的双脚此时变得疼痛难捱，使我怎么也无法入睡。

"你怎么了？"坐在我身旁的一个陌生人转过头来问我。

"我的脚趾冻坏了，"我没好气地说，"靴子漏了。"

这位陌生人并不在意我的态度，仍然热情地向我伸出了手："我叫厄尔，是从堪萨斯的威奇托来的。"之后，他跟我聊起了自己的家乡、家人以及自己的流浪经历……厄尔先生的健谈似乎缓解了我身体的不适，我不知不觉地迷糊了过去。

这个小镇并没有为我们留下一份吃的。盘桓数日以后，我又登上了去堪萨斯方向的货车——厄尔先生也在这趟车上。火车渐渐地驶出了落基山区，进入了茫无边际的牧场。天气也越来越冷了，我只有不停地跺脚取暖。不知什么时候，厄尔先生已经坐在我身边了。他关切地问我："你家里还有什么人？"我告诉他，家里还有一个父亲和一个妹妹——是个穷得叮当响的农家。

厄尔先生安慰我说："不管怎样的家也总是个家呀！我看你还是和我一样回家去吧。"

望着寒星闪烁的夜空，我感到了一种从来没有过的孤独。"要是……要是我能攒点钱买双靴子，也许就能够回家了。"

我正想着家庭的温暖的时候，发觉脚跟被什么东西碰了一下。低头一看，原来是一只靴子——厄尔先生的。

"你试试吧，"厄尔说，"你刚才说，只要能有一双像样的靴子你就能回家了。喏，我的靴子尽管已经不新，但总还能穿。"他不顾我的谢绝，一定要我穿上，"你就是暂时穿穿也好，待会儿再换过来吧。"

当我把自己冰凉的脚伸进厄尔先生那双体温尚存的靴子时，立刻感到了一阵暖意，我很快在隆隆的火车声中睡着了。

等我醒来时，已经是次日凌晨了。我左顾右盼，怎么也找不到厄尔先生的身影。一位乘客见状说："你要寻那个高个子？他早下车了。"

"可是他的靴子还在我这儿呢。"

"他下车前要我转告你：他希望这靴子能陪伴你回家去。"

我怎么也不能相信，世上确实还有这样的好人：不是将自己的多余之物作施舍，而是把自己的必需之物奉献他人，为了让他能有脸回家去！我想象着他一瘸一拐地穿着我的破靴在冰水里跋涉的情形，不禁热泪盈眶……

这半个多世纪中，我和厄尔先生再也无缘相见，但在我的心中他永远是我最亲密的朋友，而这双靴子则是我这一辈子得到的最贵重的礼物。

多疑症

[美国] 埃德·华莱斯

奥特索里夫人，这位几乎生了一打孩子的妇人。似乎总不在晴朗的天气或者白天里分娩。现在，本森医生连夜开车又去出诊。

离索里农庄还有一段路。这时，小车前的灯光里出现了一个沿着公路行走的男性的身影，这时本森医生感到一阵宽慰，他降低车速，注视着这位吃力地顶风行走的人。

车于贴近夜行者的身边，本森刹住车请他上车。那人钻进了车。

"您还要走很远么？"医生问。

"我得一直走到底特律。"那人答道。他非常瘦小，那双小黑眼被顶头风吹得充满泪："能给我一支烟么？"

本森大夫解开外衣扣子后记起自己的香烟是放在大衣的外口袋里，他把烟盒递给正在自己衣兜里摸火柴的生人。烟燃着了。那人拿住烟盒愣神片刻，然后向本森说："也许您不会介意？先生，我想再拿一支呆会儿抽。"他晃晃烟盒又取出一支来，不等主人回话。本森大夫感觉到，有只手触到了他的口袋。

"我把它放回您的衣兜吧。"这个瘦小的家伙说。本森急忙伸手接住烟盒，但他不无恼怒地发现，烟盒已经装在他的衣兜里了。

片刻之后，本森说："到底特律去？"

"到一家汽车工厂去找份活干。"

“战时您在军队里干过么？”

“在前线开了四年救护车。”

“是么？我就是医生，我叫本森。”

“这车子里充满药味。”那人笑起来了，然后又郑重地加一句，“我叫埃文斯。”

沉默。本森注意到生人猫一样的瘦脸颊上那道深长的疤痕，像是新近才有的。他想起索里夫人并伸手掏表，他的手指投向衣兜的深处，这才发现他的手表不见了。

本森医生慢慢地移动着手，小心翼翼地伸向座位下，摸到了那支自动手枪的皮套子。

他缓慢地抽出手枪，借着黑暗把它贴在自己身体的一侧，然后疾速刹住车，把枪口冲着埃文斯：

“把那只表放进我的衣兜！”

乘客惊吓得跳起来并慌忙举起手。“上帝！先生……”他嗫嚅着。

本森先生的枪口冲着生人顶得更紧了：“把那只表放进我的衣兜，否则我要开枪了。”

埃文斯把手伸进了自己的背心口袋，然后颤抖着把表放进医生的衣兜，本森医生用空着的那只手将表收好，然后逼迫对方滚下车。

“我今晚出门是为了救一个妇人的性命，然而我还花费时间去帮助你！”他怒气冲冲地对那人说。

本森迅速发动车子，奔向农庄。

索里夫人的关于把孩子带到这个世界来的许多经验，显然帮了她自己的忙。接生孩子没费多少事儿。

“今晚，路上搭我车的一个家伙想抢劫我。”他对奥特说，带着几分得意，“他拿了我的表，可我用手枪顶着他，他只好把表还给我作罢。”

“我真高兴，他能把表还给你。不然，还真没法知道孩子的出生时间。”

"孩子是半小时以前生的。此时此刻……"他凑近桌前的灯光。

他惊奇地盯住自己手中的表。表面玻璃是破裂的，柄把也断了。他把表翻过来，紧挨着灯。他读出那上面镌刻着的磨损了的字：

> 赠给列兵·埃文斯，救护车队员，1943 年 11 月 3 日晚，在靠近意大利的前线，他一个人勇敢地保护了我们全体的生命。护士内斯比特，琼斯，温哥特。

伏天的罪孽

[美国] L·海沃德

　　"大热天，真是没事找事。"商场侦探亨利嘀咕着，他的制服已被汗水湿得精透。一位窄脸妇女正在他面前尖声诉说着什么。

　　真是，丢掉的钱既然已经找到了，就算了呗。可她却不善罢甘休，仿佛站在桌前的这个小男孩真是一个危险的罪犯。

　　亨利思忖着，是的，十块钱对大人也是不小的诱惑，何况对这个穿得破破烂烂的小孩子？

　　"是的，我没亲眼看到他偷钱。"那位太太唠叨着，"我买了一样东西，又要去看另一件货，就把十块钱放在柜台上。刚离开分把钟，钱就跑到这个小贼骨头的手上了。"

　　亨利这才发现桌角那边还有个小女孩，她正用蓝蓝的大眼睛静静地在看着他。

　　"是你拿走钱的吗？"亨利问男孩。

　　小男孩紧闭着嘴唇，点了点头。

　　"你几岁了？"

　　"八岁了。"

　　"你妹妹呢？"

　　男孩低头望了望他的小伙伴：

　　"三岁。"

在这大伏天里，孩子也许只是为了拿它去换点冰激淋。可这位太太却咬定孩子是窃贼，非要惩罚他们不可。亨利不由得心疼起这两个孩子来了。

"让我们去看看现场吧。"

男孩紧紧拉着小女孩的手，跟着大人们向前走去。

柜台后面一只风扇吹来的风使亨利觉得凉爽些了。

"钱在哪放着？"

"就在这。"太太把十块钱放在柜台上售货记帐本的旁边。

亨利打量了一下小女孩，掏出几块糖来。

"爱吃糖吗？"

女孩扑闪了一下大眼睛，点了点头。亨利把糖放在钱上面：

"来，够着了就给你吃。"小女孩踮起脚尖，竭力伸长小手，可还是够不着。亨利把糖拿给小女孩。

太太在一旁嚷起来："我不跟你争辩。难道他们可以逃脱罪责吗？领我去见你的老板……"

亨利没理会，他正注视着那十块钱。柜台后面的风扇吹着它，它开始滑动、滑动，终于从柜台上飘落下来。

钱落在离两个孩子几尺远的地方。女孩看到钱，便弯腰捡起来递给哥哥，男孩毫不踌躇地把钱交给亨利。

"原先那钱也是你妹妹给你的，对吗？"

男孩点了点头，眼里涌出委屈的泪水。

"你知道钱是从哪来的吗？"

男孩使劲摇着头，终于大声哭了出来。

"那你为什么要承认是你偷的呢？"

男孩泪眼模糊："她……她是我妹妹，她从不会偷东西……"

亨利瞟了一眼那位太太，他看到她的头低了下来。

谢谢养育之恩

[美国] 乔治·马斯特斯

这是六月时节三藩市典型的一天：凉爽，阴沉。报纸上提到东海岸天气多么热，再就是父亲节即将来临。父亲节跟母亲节一样，对我来说一向并不重要。我通常认为这两个日子不过是给做生意的图利，给做子女的方便。

我放下报纸，看看书桌上的一张照片，是几年前的夏天在缅因州拍摄的。照片上，父亲与我勾肩搭背站在一起。

我仔细端详着照片。照片里的爸爸没有上牙，咧嘴大笑，活像个头发花白的退役冰球手。想当年他还不老，曾在海滩上追着我跑，带我下水；那时他身强力壮，曾教我划船、溜冰、劈柴。如今他已七十多岁，久经曝晒、皱纹密布的脸神气活现地侧着，双目深陷。我似乎还闻到他身上的烟味、酒味和刮须水味。我决定给老头打个电话。

"你好哇，"他大声嚷。在另一架电话机上接听的母亲叫他戴上助听器。

"就在我口袋里呢，"他说。接着，我听见一阵摸索的窸窸窣窣声。

母亲也插一句嘴，说新养的那条牧羊犬"谢普"烦死她了。

她说："其实烦人的不是狗，而是你爸。谢普一高兴就跳过围篱往外跑。你爸提心吊胆等着，到它回来才睡。有时候，深夜两点钟他会跑到门外去叫狗，吵得大家不得安睡。谢普一回来，他就用西班牙话骂它，好像它懂似的。"

父亲说："它在学着呢。你母亲认为我是个大傻瓜，也许她说得对。"

母亲说："你瞧你还在大声嚷。"

他不理睬，只顾问我近况。我讲了。

"自由撰稿倒是不差，"他大声说，"不过你需要保障。你不应该又当酒吧侍应生，又当建筑工。你受了大学教育，为什么不能学以致用呢？"

"你知道吗，"我告诉他，"父亲节快到了。"

"是吗？"父亲从不注意这类日子。

我有些真心话想对他说，但是难以启齿。我想感谢他，为的是他曾带我去看冰球和棋赛，吃龙虾，买书给我。

我没忘记44年来父子之间的歧见，两人之间的怨忿，失望，汹汹对骂。不过，那些已是陈年旧事。我真想为自己18岁那年给他眼圈一拳的事道歉。

真正说出口的却是："那次我把你敞篷汽车的车顶跳垮了，真对不起。"

我赶快接下去："你还记得吗，那次在板球俱乐部，我正要给驴子喂糖，你却拍它的屁股，被它端了一蹄子。"

他笑着说："记得，那畜生踢破了我的膝盖。你一直觉得那件事好笑。"

"还有你带我上去过的那些轮船。"

"倒是有过那么几条船，"他应和着说，"哟，你真使我觉得时光倒流。"

"我当年好喜欢船。"

"可是我终究没能说服你投效海军。你非要去海军陆战队不可。"

我没说话。

"后来，咱们就坐了飞机去加州，"他说下去，"送你去越南。"

"我记得那是个星期天夜晚，为了赶上洛杉矶飞出的班机，我只好搭乘直升机。你送我走到直升机站。咱们握手告别。你穿着军服……"父亲的声音越来越轻，"我不知道此生是否还能再看见你。你这一走，我的心都碎了。"

"我知道，"我感到喉咙哽塞。

"我们为你祈祷，"他声音颤抖，"我们是因为收到你的信才活下来的。"

我对他说："我也是为你们的信而活下去的。"这时，我的眼睛湿了，吞下口水去化解喉咙的哽塞。我心想，这会儿越说越傻得离谱了。我终于控制住感情。"我打电话是要祝你父亲节快乐，谢谢你的养育之恩。"

他在电话线路另一端静下来了。母亲也不作声。唯有长途电话线路的静电噪音填补了空白。

他低声说："我多希望自己能做得更好些。""你做得够好了。没有比你更好的父亲。""听你这么说，真叫人欢喜，只可惜事情不是这个样子。果真是这样就好了，"他用遗憾的声调说，"我要挂电话了，不想让你多花电话费。"他已泣不成声。

"别担心电话费。我爱你。""我也爱你，"他赶快说完，挂了电话。

"你知道他容易动感情，"母亲在另一架电话机上轻声说。

我回答："我知道的。"然后我们互道再会。挂断电话后。我凝视父子俩在缅因州的合影。我擦擦眼睛，看着照片微笑，又大声擤鼻子，心里想："是啊，我当然知道他多么容易动感情。"

最近的一天

［哥伦比亚］ 加·马尔克斯

　　星期一清早，天气暖和，无雨。堂奥雷利奥·埃斯科瓦尔六点钟就敞开了诊所的门。他是一位没有营业执照的牙科医生，每天总起得很早。他从玻璃橱里取出一只还在石膏模子上装着的假牙，又把一束工具放在桌上，象展览似地由大到小摆好。他上穿一件无领条花衬衫，颈部扣着一只金扣儿；下穿一条长裤，裤腰扎一根松紧带儿。他腰板硬实，身材细瘦，目光轻易不东张西望，象个聋子似的。

　　把所用的东西准备好后，他把磨床拉向弹簧椅。坐下来磨假牙。他好象没有考虑他在做的事情，一直在不停地忙碌着，即使不使用磨床也一刻不停地蹬着踏板。

　　八点过后，他停了一会儿，从窗口望了望天空，看见两只兀鹰在邻居家的屋顶上沉静地晒太阳。他一面想着午饭前可能又要下雨，一面又继续干他的活计。他的十一岁的儿子的反常的叫声把他从专心致志的神态中惊醒：

　　"爸爸！"

　　"干吗？"

　　"镇长问你能不能给他拔个牙。"

　　"告诉他，我不在。"

　　他正在磨一只金牙，把牙拿到眼前，眯着眼睛察看着。他儿子的声音又从小小的接待室里传来。

"他说你在家，他听见你说话了。"

牙科医生继续察看着那颗金牙，直到把活儿做完、把牙放在桌上后才说：

"好多了。"

他又踏动了磨床。接着从一个小纸盒里取出一个安着几颗牙齿的牙桥，开始磨金套。那纸盒里盛着等着他做的活儿。

"爸爸!"

"什么事?"

他的神情依然如故。

"他说你要是不给他拔牙，他就让你吃子弹。"

他不慌不忙、心平气和地停下蹬踏板的脚，把磨床从椅子前推开，把桌子下面的抽屉拉出来。驳壳枪就放在抽屉里。

"哼!"他说，"让他进来对我开枪好了。"

他转了一下椅子，让自己面对房门，一只手按着抽屉沿儿。镇长出现在门口：他已经把左脸刮光，右脸却有五天未刮了，看去又肿又疼。牙科医生从他那双暗淡无光的眼睛里看出，他准有许多个夜晚疼得不曾合眼了，他用手指尖把抽屉关上，温和地说：

"请坐吧。"

"早晨好!"镇长说。

"早晨好。"牙科医生说。

当用具在沸水里消毒的时候，镇长把脑袋靠在了椅枕垫上，觉得好多了。他闻到一股冰冷的气息。这是一间简陋的诊室：一把旧木椅，一台脚踏磨床和一个装着圆形的瓷把手的玻璃橱。椅子对面的窗上挂着一幅一人高的布窗帘。当听到牙科医生走到他身边来的时候，镇长脚后跟蹬地，张开了嘴。

堂奥雷利奥·埃斯科瓦尔把他的脸扳向亮处，察看过损坏的臼齿后，用手谨慎地按了按下颌。

"你不能打麻药了。"

"为什么?"

"因为牙床化脓了。"

镇长望了望他的眼睛。

"好吧。"他说,露出一丝苦笑。牙科医生没有说话。他把煮用具的浅口锅端到手术台上,用凉了的镊子把用具夹出来,动作还是不慌不忙。然后用脚尖把痰盂挪过来,又在脸盆里洗了手。做这一切时,他一眼也不看坐在椅子上的镇长。但是镇长却紧紧地用眼睛盯着他。

那是一颗下牙床上的智齿。牙科医生叉开双腿,用热乎乎的拔牙钳夹住臼齿。镇长双手抓着椅子的扶手,把全身的力量都集中在脚上,觉得腰部一阵透心凉,但是他没有叹气。牙科医生只是扭动着手腕。他没有怨恨,更确切地说,他是怀着一种酸楚的心情说:

"中尉,你在这儿杀了二十个人了。"

镇长感到下牙骨上发出一阵咯吱声,他的双眼顿时涌满了泪水。但是直到确知牙齿已拔下来他才舒了一口气。这时,他透过朦胧泪眼看见了拔下来的牙。在痛苦之中,他觉得那颗牙齿是那么古怪,他怎么也不理解那五个夜晚会使他受到那般折磨。他把身子俯向痰盂,嘴里喘着粗气,身上渗出了汗水。他解开了军衣扣,又伸手到裤兜里摸手帕。牙科医生递给他一块干净布。

"擦擦眼泪吧。"他说。

镇长擦了擦眼。他的痛苦减轻了。牙科医生洗手的时候,他看见了残破的天花板和一个落满灰尘、挂着蜘蛛卵和死昆虫的蜘蛛网。牙科医生一面擦手一面走回来。

"你要记住,"他说,"回去要用盐水漱口。"

镇长站起来,没精打采地行了个军礼,大步向门口走去,军服的扣子也没扣。

"给我记上账吧。"他说。

"给你还是给镇公所?"

镇长没有看他,关上门,在铁栅栏外面说:

"都一样!"

 # 我的那只狗

[澳大利亚] 亨利·劳森

剪羊毛工人穆卡利出了事儿。真实的情况是，他在路边的一家小酒店里酗酒闹事，离开的时候，折断了三根肋骨，打破了脑袋，此外还带着各种不同的小伤痕。他的狗塔里也参加了这次酗酒闹事，它虽没喝醉酒，打得却很凶，离开的时候断了一条腿。事后，穆卡利背起背包，跌跌撞撞地挣扎着走了十英里路，到了镇上的联合医院。天知道他是怎样挣扎过来的，连他本人也不十分清楚。塔里用三条腿一瘸一拐地始终在后面跟着。

医生们检查了他的伤处，很为他的忍耐力吃惊。当然，他们可以收留他，但是他们不能收容塔里。病房里是不准养狗的。

"你得把那只狗赶出去。"剪羊毛工人在床沿坐下的时候，他们这样对他说。

穆卡利没吭声。

"我们不能让狗在这儿瞎逛，朋友。"医生提高了嗓门说，还以为这人是个聋子呢。

"那么用绳子把它拴在院子里好了。"

"不成，狗一定得赶出去。医院里是不准养狗的。。

穆卡利慢慢地站起来，咬紧牙关忍住疼痛，痛苦地扣上了他毛茸茸的胸脯上的衬衣，拿起他的背心，踉踉跄跄地向放着背包的那个角落奔去。

"你想干什么?"他们问。

"你们不让我的狗留下?"

"不成,那是违反规则的。医院里不准养狗。"

他弯下腰,提起背包,可是伤口疼得太厉害了,他只好靠在墙上。

"喂,怎么啦?"医生不耐烦地嚷道,"你准是疯啦!你知道像你现在这样的身体,是不能出去的。让看护帮你把衣服脱了吧。"

"不成!"穆卡利说,"不成,你们要是不收留我的狗,也就不要收留我。它断了一条腿,跟我一样需要治疗。我要是有资格进医院,那它也就有资格——比、比我还更有资格呢。"

他歇了一会儿,痛楚地喘着气,又接下去说:

"我……我的那只狗,在这十二年漫长的岁月里,始终跟着我受苦挨饿,对我忠心耿耿。我这个人是不是活着,还是倒在那糟糕的道路上腐烂了,关心我的,恐怕就只它一个。"

他又歇了一会儿,接着说;"那、那只狗,是在路上出生的。"他说着,脸上露出一种凄惨的笑容,"一连几个月,我都把它随身带在洋铁罐里,后来它长大了,我就把它搁在背包里……那只老母狗——它的母亲,挺满意地跟在后边,不时拿鼻子闻着洋铁罐儿,看看它在里面可好……天知道她跟了我多少年了。她一直跟着我,到后来她的眼睛瞎了,她还跟了我一年。她就这样始终跟着我,一直到她实在不成了,连在泥土路上爬都爬不动了——那时我就把她杀了,我不能把她活着抛在路上!"

他又歇了一会儿。

"这只老狗,"他接下去说,一边用他并拢的指头碰了碰塔里向他翘着的鼻子,"这只老狗,跟着我也已经有——有十年了。它跟我一起熬过水灾,又熬过旱灾,过过好日子,也过过苦日子——多半是苦日子,在我没有伙伴,没有钱,独自个儿在路上流浪的时候,它安慰过我,使我不至于发疯;有时候我在那些混帐的小酒店里中了毒,喝得烂醉,它就一连几个星期守护着我;它救我的命已不止一次了,我不但不感谢它,反倒常常骂它,用脚踢它;它倒完全原谅我,还、还帮我打架哩。在那边的酒店里，那伙下流的杂种跟我动手的时候，站在我这边帮我的，就只有它一个——它还在他们一些人身上留下了记号。我也一样!"

他又歇了一下。

然后他抽了一口气，咬紧牙齿，背起背包，走到门口，又回过头来往四下望望。

那只狗一瘸一拐地从角落里出来，抬起了头，热切地看着他。

"那只狗，"穆卡利对医院里的全体人员说，"比我这个人还强——在我看来，似乎比你们都强，而且是个地道的基督徒。他是我的好伙伴，我对别人，或者别人对我，都比不上它对我那样好。它守护着我，好几次保护住我没让人抢走我的东西，还帮我打架，救过我的命。我非但不感谢它，喝醉了酒还踢它骂它，可是它都原谅了我。它是我真正的伙伴，对我规矩、忠诚、老实。所以，我现在也决不能丢下它不管。它现在断了一条腿，我决不能一脚把它踢到街上去。我——啊，天哪! 我的背好疼!"

他呻吟了一下，身子突然向前一歪，但是他们把他扶住了，替他取下背包，让他躺倒在一张床上。

半小时以后，这个剪羊毛工人的伤处已经包扎妥当。"我的狗呢?"他一恢复知觉，就这样问。

"嗯，你的狗挺好，"看护很不耐烦地说，"别担心。医生已经在院子里给它治腿上的伤了。"

情书风波

[墨西哥] 亚·内尔沃

上午课间休息时，教会学堂的校长走进男生群中冷冰冰地说："苏亚雷斯，学监神父打电话叫你去。走吧！"我顿时慌了手脚。这是为了孔恰，对，是为了孔恰！

我慢腾腾向对面的女校走去。教会学堂的男校、女校就像美丽村庄中两个巨大的养蜂场并立一处。在男女生之间总是互相寄送着表露强烈的，也是转瞬即逝的爱情的诗篇。

孔恰头发金黄，眼睛碧绿。我给她写了什么？已经不记得了。我们在小教堂听戒律弥撒时，她用含笑的不安目光对我表示了赞赏。

我垂头丧气，诚惶诚恐地肃立在学监神父面前。孔恰也被带来。她眼里噙着比大海还深的泪水。我知道，这下我俩完蛋了！

在死一般的寂静中，突然，他咆哮起来："这么说，苏亚雷斯先生曾勇敢地给这位小姐写了情书，大胆地求爱？"

他抖落着我给孔恰的信。

难堪的沉默……

"这么说，孔恰小姐芳心默许已经是你的未婚妻了？"

我的天！事情比我想的还可怕！孔恰禁不住大放悲声，我也啜泣起来。

无情的审判官恶狠狠地吼道："只能这么办，我立刻举行仪式，给你们证婚！"他粗暴地摇起小银铃命人准备檀香，点燃香炉。孔恰顿足哀求："不，教士、神父、学监！我再，再也不接，男生的信了！我不愿结婚呀……呜……"

"神父。"我胆战心惊地祈求，"我向你保证，以后我决不给女生写诗了。如果在学校里结婚，我妈妈该气死了，我不愿意结婚！"

好一阵子沉默。不祥的檀香在缭绕……

神父的心似乎变软了。"好吧，我不让你俩结婚了，不过，你俩每人必须挨六戒尺。"我们两个罪人提心吊胆不敢吱声，只好点头表示同意。他举起一根很长的、上面钻着一百个小孔、抡起来嗖嗖响的戒尺对我的"未婚妻"命令道："把你的手伸出来，先打你！"孔恰抽噎着乖乖地伸出手。

此刻，在我心中打盹的堂·吉诃德从他的瘦马上挺立起来，发出神圣的呼喊。"神父，"我坚决地请求，勇敢地跨上前，"请你打我十二戒尺，让我承担她的……"我用挑战的目光盯着他，重复道："请打我十二戒尺吧！""我不反对"，他冷冷地说，"伸出双手。"

寂静的房间里响起劈劈啪啪的戒尺声。孔恰不再哭泣。她碧绿的大眼睛凝望着我，瞳仁里激荡着海洋一样深不可测的东西，这是对我所受惩罚的嘉奖！

当我俩由神父跟随走进校园草坪时，小树上正有一对小鸟在亲吻，享受着早晨的甜蜜快乐。我俩对望着无言地问询："为什么它们不挨打呢？"

父母心

[日本] 川端康成

　　轮船从神户港开往北海道，当驶出濑户内海到了志摩海面时，聚集在甲板上的人群中，有位衣着华丽、引人注目的、年近四十岁的高贵夫人。有一个老女佣和一个侍女陪伴在她身边。

　　离贵夫人不远，有个四十岁左右的穷人，他也引人注意：他带着3个孩子，最大的十岁。孩子们看上去个个聪明可爱，可是每个孩子的衣裳都污迹斑斑。

　　不知为什么，高贵夫人总看着这父子们。后来，她在老女佣耳边嘀咕了一阵，女佣就走到那个穷人身旁搭讪起来：

　　"孩子多，真快乐啊！"

　　"哪的话，老实说，我还有一个吃奶的孩子。穷人孩子多了更苦。不怕您笑话，我们夫妻已没法子养育这四个孩子了！但又舍不得抛弃他们。这不，现在就是为了孩子们，一家六口去北海道找工做啊。"

　　"我倒有件事和你商量，我家主人是北海道函馆的大富翁，年过四十，可是没有孩子。夫人让我跟你商量，是否能从你的孩子当中领养一个做她家的后嗣？如果行，会给你们一笔钱作酬谢。"

　　"那可是求之不得啊！可我还是和孩子的母亲商量商量再决定。"

　　傍晚，轮船驶进相模滩时，那个男人和妻子带着大儿子来到夫人的舱房。

"请您收下这小家伙吧!"

夫妻俩收下了钱,流着眼泪离开了夫人舱房。

第二天清晨,当船驶过房总半岛,父亲拉着五岁的二儿子出现在贵夫人的舱房。

"昨晚,我们仔细地考虑了好久,不管家里多穷,我们也该留着大儿子继承家业。把长子送人,不管怎么说都是不合适的。如果允许,我们想用二儿子换回大儿子!"

"完全可以。"贵夫人愉快地回答。

这天傍晚,母亲又领着三岁的女儿到了贵夫人舱内,很难为情地说:

"按理说我们不该再给您添麻烦了。我二儿子的长相、嗓音极像死去的婆婆。把他送给您,总觉得像是抛弃了婆婆似的,实在太对不起我丈夫了。再说,孩子五岁了,也开始记事了。他已经懂得是我们抛弃他的。这太可怜了。如果您允许,我想用女儿换回他。"

贵夫人一听是想用女孩换走男孩,稍有点不高兴,但看见母亲难过的样子,也只好同意了。

第三天上午,轮船快接近北海道的时候,夫妻俩又出现在贵夫人的卧舱里,什么话还没说就放声大哭。

"你们怎么了?"贵夫人问了好几遍。

父亲抽泣地说:"对不起。昨晚我们一夜没合眼,女儿天小了,真舍不得她。把不懂事的孩子送给别人,我们做父母的心太残酷了。我们愿意把钱还给您,请您把孩子还给我们。与其把孩子送给别人,还不如全家一起挨饿……"

贵夫人听着流下同情的泪:

"都是我不好。我虽没有孩子,可理解做父母的心。我真羡慕你们。孩子应该还给你们,可这钱要请你们收下,是对你们父母心的酬谢,作你们在北海道做工的本钱吧!"

乞丐世界

［日本］御园彻

一天大早，太郎被外面大街上的阵阵喧嚣吵醒了。

"怎么回事啊?"

太郎从窗子向外一看，"呀！怎么那么一大片……"太郎吃惊地瞪圆上眼睛。只见大街上好几千米远都铺着席子，有相当多衣着整齐的人跪坐在席子上，有节奏地喧嚷、乞讨着。

太郎从家里出来，按每日的习惯径自向学校的方向走去。最初，太郎想对道路两端跪坐着的乞丐表示无动于衷，可是。乞丐络绎不绝，喧嚷声不绝于耳。他感到诧异而为难，心中悒悒不快。没有办法，只好勉勉强强地往一个乞丐面前的空碗里，投进了一枚十元钱的硬币。于是那些演员似的乞丐们都起来向他行礼，并有节奏地齐唱起来：

"谢——谢!"

齐唱没完没了。

太郎感觉自己只扔进去十元钱，越发难为情。便又到一处投了一枚一百元的硬币。于是那些乞丐的齐唱兴奋起来：

"谢——谢!"

齐唱还在继续。太郎觉得惶恐了，便又到一处扔过去一千元的钞票。于是乞丐们越发郑重地向他行礼，齐唱声更响亮了：

"谢谢——谢谢——谢谢!"

太郎接着又投进了一万元的钞票。乞丐们……

大概走了一个多小时。乞丐们的队伍露出尾巴了。可是，太郎只剩下了一身衬衣衬裤，也只好踉踉跄跄地走到最后面，与乞丐们坐在了一起。几分钟后，太郎的邻居一郎也因为慷慨施舍，只剩一身衬衣衬裤在太郎的旁边坐了下来。

一年后，有个经过地球的人马星座的宇宙飞船，向地球飞来。

"船长！无线电里正播放着美妙的声音。"通讯宇航员向宇航船长报告说。

"给我接地面的主要频道！"船长对通讯宇航员命令说。

通讯宇航员把旋钮调到了地面主要频道上。那种声音便在整个宇宙飞船中响着。

"谢谢——谢谢——！"

"谢谢——谢谢——！"

地球上传来一片乞讨声。

美丽的邻居

［印度］泰戈尔

　　我对隔壁那位年轻的寡妇，怀有一份深深的爱慕之情。我把这份纯洁的感情理在心底，就连我最亲密的朋友——纳宾，也不知道我的心事。

　　可是，爱的激情，就像山上的溪流，不能停留，它要找到一个缺口倾泻而下。我开始写诗了。

　　真是巧得很，我的朋友，纳宾，此时也如痴如狂地作起诗来。他的诗体很旧，内容却永远是新的。无疑，那诗都是为心上人做的。我问他："老朋友，她是谁呀？"

　　他笑着说："这个连我也还不知道哩！"

　　说真的，帮纳宾改诗倒使我感到十分痛快。我像母鸡替鸭子孵蛋一样，把按捺在心中的激情一倾而出，他那几首抑扬的诗，经我大胆地修改，变得更加情真意切了。

　　为此，纳宾惊诧地说："这正是我想说而又表达不出来的呀！"

　　我说过，我对那女人怀有的是一份深深的爱慕。

　　有时，纳宾会头脑清醒地说："这诗是你作的，写上你的名字拿去发表吧。"

　　我说："哪里的话！我只是随便改改罢了。"

　　我不否认，我常常像天文学家观察天空一样，呆呆地望着隔壁的窗户。

终于有一天，我真是不敢相信自己的眼睛。那是一个炎热的夏天的下午，我看见那美丽的邻居站在那里仰望天空，那乌黑发亮的眼睛显得忧虑不安。那是…双渴望的眼睛啊！那淡淡的愁思，就像一只归心似箭的鸟儿，然而它的归宿不在天上，却在心间。

看着她那心事重重的神态，我几乎不能自制。我于是决定做宣传工作，号召破除寡妇不能再嫁的旧习俗。

纳宾开始和我争论了。他说："寡妇守节意味着一种纯洁的美德，如果寡妇再嫁，不就是伤风败俗了吗？"

我没好气他说："可你要知道，寡妇也是有血有肉的人，她们也有痛苦，有欲望。"

我知道纳宾有时顽固得像头牛，要说服他是一件不容易的事。可这次却出乎意料，他若有所思地叹了口气，然后默默地点了点头，赞同了我的意见。

大约一周过去了，纳宾对我说，如果我肯帮助他，他愿意首先和一位寡妇结婚。

我真是高兴极了，热情地拥抱了他，并说无论他结婚要多少钱我都支持他。于是他把恋爱的浪漫史告诉了我。

我这才知道，一段时间来，他暗暗地爱上了一位寡妇。发表纳宾的诗——倒不如说是我的诗的那几本杂志居然传到了那位寡妇手里，是那几首小诗在起作用。

我说："告诉我她是谁？不要把我看作情敌，我发誓，我决不给她写诗。"

"你胡说些什么呀？"纳宾说，"我又不是怕和你竞争。我冒这么大的风险真不容易，好在现在一切都好了。告诉你吧，她住 19 号，就是你的邻居。"

如果说我的心是铁锅炉，也要被这突如其来的"铁水"熔化。我说："这么说，这是归功于那几首小诗了？"

纳宾说："不错，这你也知道，我的诗作得并不错嘛！"

我暗暗地诅咒，可是，我诅咒谁呢？咒他？咒自己？我自己也不知道！

列车上遇到的姑娘

[印度] 拉·邦德

我独自坐了一个座位间，直到列车到达罗哈那才上来一位姑娘。为这姑娘送行的夫妇可能是她的父母亲，他们似乎对姑娘这趟旅行放不下心。那位太太向她作了详细的交代，东西该放在什么地方，不要把头伸出窗外，避免同陌生人交谈等等。

我是个盲人，所以不知道姑娘长得如何，但从她脚后跟发出的"啪嗒啪嗒"的声音，我知道她穿了双拖鞋。她说话的声音是多么清脆甜润。

"你是到台拉登去吗？"火车出站时我问她。

我想必是坐在一个阴暗的角落里，因为我的声音吓了她一跳，她低低地惊叫一声，说道："我不知道这里有人。"

是啊，这是常事，眼明目亮的人往往连鼻子底下的事物也看不到，也许他们要看的东西太多了，而那些双目失明的人，反倒能靠着其他感官确切地感知周围的事物。

"我开始也没看见你，"我说，"不过我听到你进来了。"我不知道能否不让她发觉我是个盲人，我想，只要我坐在这个地方不动，她大概是不容易发现庐山真面目的。

"我到萨哈兰普尔下车。"姑娘说，"我的姨妈在那里接我。你到哪儿去？"

"先到台拉登，然后再去穆索里。"我说。

"啊，你真幸运！要是我能去穆索里该多好啊！我喜欢那里的山，特别是在十月份。"

"不错，那是黄金季节，"说着，我脑海里回想起眼睛没瞎时所见到的情景：漫山遍野的大丽花，在明媚的阳光下显得更加绚丽多彩。到了夜晚，坐在篝火旁，喝上一点白兰地，这个时候，大多数游客离去了，路上静悄悄的，就像到了一个阒无人烟的地方。

她默然无语，是我的话打动了她，还是她把我当作一个风流倜傥的滑头？接着，我犯了个错误，"外面天气怎么样？"我问。她对这个问题似乎毫不奇怪。难道她已经发觉我是个盲人了？不过，她接下来的一句话马上使我疑团顿释，"你干吗不自己看看窗外？"听上去她安之若素。

我沿着座位毫不费力地挪到车窗边。窗子是开着的，我脸朝着窗外，假装欣赏起外面的景色来。我的脑子里能够想象出路边的电线杆飞速向后闪去的情形。"你注意到没有？"我冒险地说，"好像我们的车没有动，是外面的树在动。"

"这是常有的现象。"她说。

我把脸从窗口转过来，朝着姑娘，有那么一会儿，我们都默默无语。"你的脸真有趣。"我变得越发大胆了，然而，这种评论是不会错的，因为很少有姑娘不喜欢奉承。

她舒心地笑了起来，那笑声宛若一串银铃声，"听你这么说，我真高兴。"她道，"谁都说我的脸漂亮，我都听腻了！"

啊，这么说来，她确实长得漂亮！于是我一本正经地大声道："是啊，有趣的脸同样可以是漂亮的呀！"

"你真会说话。"她说，"不过，你干吗这么认真？"

"马上你就要下车了。"我突然冒出这么一句。

"谢天谢地，总算路程不远。要叫我在这里再坐二三个小时，我就受不住了。"

然而，我却乐意照这样一直坐下去，只要我能听见她说话。她的声音就象山涧淙淙的溪流。她也许一下车就会忘记我们这次短暂的相遇，然而对于我来说，在接下去的旅途中我会一直想着这事，甚至在以后的一段时间里也难忘怀。

汽笛一声长鸣，车轮的节奏慢了下来。姑娘站起身，收拾起她的东西。我真想知道，她是挽着发髻，还是长发散披在肩上？或是留着短发？

火车慢慢地驶进站。车外，脚夫的吆喝声、小贩的叫卖声响成一片。车门附近传来一位妇女的尖嗓音，那想必是姑娘的姨妈来接她了。

"再见！"姑娘说。

她站在靠我很近的地方，从她身上散发出的香水味撩拨着我的心房，我想伸手摸摸她的头发，可是她已飘然离去，只留下一丝清香萦绕在她站过的地方。

门口有人相互撞了一下，只听见一个进门的男人结结巴巴地说了一声："对不起"。接着，门"砰"地一声关上，把我和外面的世界隔离开来。我回到自己的座位上，列车员嘴里一声哨响，车就开动了。

列车慢慢加快速度，飞滚的车轮唱起了一支歌。车厢在轻轻晃动，发出嘎吱嘎吱的声音。我摸到窗口，脸朝窗外坐了下来。外面分明是光天化日，可我的眼前却是一片漆黑！现在我有了一个新旅伴，也许又可以小施骗技了。

"对不起，我不像刚才下车的那位吸引人。"他搭讪着说。

"那姑娘很有意思。"我说，"你能不能告诉我，她留着长发还是短发？"

"这我倒没注意，"他听上去有些迷惑不解，"不过她的眼睛我倒注意了，那双眼睛长得真美，可对她毫无用处——一她完全是个瞎子，你注意到了吗？"

苏密妲

[斯里兰卡] 西里瓦尔德纳

在康提火车站的候车室里，挂钟上的时间是差十分五点。贾亚西利一直在盯着这个挂钟，瞅着它的分针缓慢地移动。他焦躁不安，低头看了看自己的手表，点燃了一支香烟。他有点奇怪，不知为什么心跳得这么厉害，甚至连他身边走过的人都能听到他心跳的声音。时间越接近五点。他的心情就越慌乱。再过几分钟，他就要看到那个女子了。正是这个女子，给他指明了生活的道路。虽然他还没有见过她，但从她寄来的书信当中，他已经受到了很大的教育。他开始发奋图强，重新安排自己的生活。

那一天，贾亚西利永远也不会忘记。

办公室里的公务使他心烦意乱，当他感到不可忍受时，就常常称病告假，离开办公室到佩拉德里尼亚植物园去游逛，以解除精神上的疲惫。那天他又来到植物园，在他经常就坐的长椅上发现了一本书，是著名作家魏克拉玛辛诃的《时代的终结》。他顿时对失书的人产生了好感，这不仅是因为他自己喜欢这本书，而且是因为这个人也喜欢到这里来。

书的主人是个女性，书的扉页上写着一行娟秀的小字："康提市花园路苏密妲·卡哈卡玛"。贾亚西利喜出望外，他返回他的机关所在地科伦坡的第二天，就按照书上的地址把书寄给了书的主人。一般说来，事情到此也就结束了。最多失主再回封信表示一下感谢，也就完了。但他们却不这样，贾亚西利寄书时还附了一封短信，信上说没想到还有一个人也喜欢到那块幽静的地方去，这使他非常高兴，并祝愿她也能同自己一样在那里休息得愉快。贾亚西利和苏密妲就这样通起信来。

贾亚西利把这些年来所感受的艰辛和痛苦以及朋友的狡诈，都有倾吐给苏密妲。他说，生活已经成为一个沉重的负担。他总是及时地收到回信。他把这些信都小心翼翼地保存起来，并经常翻阅其中的某些段落。当他面临一场考试而又心灰意懒时，苏密妲来信对他说："一个钢镚一年也变不成一个卢比；没有劳动就没有收获，安于现状是懒汉的哲学。"当他在信上说"人生是暗淡的"时，回信就告诉他："人生犹如一幅图画，只有光明显不出画面；美丽的图画中必有阴影的衬托。"当他谈到友人的不忠和生活的烦闷时，她就对他解释说："风筝之所以能飞上高空，正是因为它有顶风的本领。如果随风飘摇，就永远不能升高。懦夫游顺水，勇士迎激流。植物园里的参天大树那样挺拔坚韧，不正是因为它们不怕风吹雨打、能够坚持向上的缘故吗？"在她的启发和鼓舞下，他逐渐改变了消极悲观的处世态度，变成了一个积极向上、朝气蓬勃的青年。

此刻，贾亚西利正在等候的，就是这个一直来信开导他的女子。

差五分钟五点，火车到站了，乘客们下了火车，拥挤着向这边走来。贾亚西利看到迎面走来一个年轻美貌的女子，他的心激动得慌乱起来。他目不转睛地盯着她向他走去，但他发现她手里那本书不是蓝皮的。蓝皮书才是他们信中商定的相认标记。

想当初，一段时间里，贾亚西利因某种原因没有给苏密妲写信，但他还是照常收到她的来信。在此之前，贾亚西利根本就不相信世间会有这样热心肠的女子。他开始爱上了这个女人，相信苏密妲对他也产生了感情。但是，当他要求和她会面时，她却来信说："等你考试通过之后再说吧。"他又要求她寄一张照片来，她的回答是："你若真爱我，那么我的相貌就无足轻重了；如果你追求外表，我就会厌恶你。所以照片不必寄。在考试结果公布之后，我们就可以公面了……"

现在，时刻到了：迎面走来的这位女子如花似玉，犹如一枝刚刚出水的芙蓉。一阵幸福和甜蜜的感觉占据了他。他确信这就是苏密妲，不觉上前去。这女子朴素大方，举止高雅。她望着人们，也看了贾亚西利一眼，不慌不忙地从他身边走过。贾亚西利没敢相认，因为他发现这女子手中的书并不是蓝皮的。正当这时，苏密姐果然来了。她生得矮胖，脸色黝黑，头发已经花白，看上去足有四十多岁。在她的脚腕上，还长着两个奇怪的肉疣。但是。一本蓝皮书恰恰就拿在她的手中。

这对贾亚西利，犹如一个晴天霹雳。他呆呆地站在那里："命运为什么这样残酷？"他想转身逃走，去追赶前面那个女子，那才是他理想的伴侣。如果能跟她生活在一起，那该是多么幸福啊！可是……可是她和苏密姐一直相爱着，也正是这个苏密姐，把他改造成了新人。现在，她已来到了眼前，又怎么能嫌弃她呢。贾亚西利恢复了理智，再看看苏密姐，觉得她也并不那样丑陋，也的确像个心地善良的人。于是他毅然把自己口袋里的蓝皮书也掏出，大步向她走去。他的心因失望而哭泣，他的手只好把蓝皮书高高举起。他上前施了一礼："您好，小姐！我就是贾亚西利，您当然就是苏密姐了。"

这妇女莫名其妙，她被这个青年给惊呆了。

"我们终于会面了，我非常高兴。您一向对我的帮助太大了，让我们共同建设我们的未来吧！"

那妇女越发觉得蹊跷："先生，我不明白您这话的意思。在我前边走过去的那位小姐，您大概也看到了。她让我拿着这本书跟在她后面，并且嘱咐我说：'一进车站，如果有一位先生称你为苏密姐，请对他说，小姐正在植物园的门口等你。'"

小杜果

[土耳其] 苏·得尔威希

老太太弯下腰对小杜果温柔地说："小宝贝，上我家去吧，你可以在花园里玩，那儿有的是李子，你随便吃多少都行。"

小杜果惊讶地看着这个老太太。这是阿依色奶奶，她就住在隔壁的那所小白房子里，房子前边，有个小小的花园，花园当中有颗大李子树。

小杜果知道阿依色奶奶不喜欢小孩，孩子们一走近李子树，她就冲着他们大声嚷嚷，要不就用那根老不离手的大棍子吓唬他们，把他们轰走。可是今天她怎么啦？变得这么温柔，几乎是慈爱了。

这简直不能使人相信。今天，从爆炸发生以后，一切事都跟平常不一样。

爆炸以后，军火工厂的汽笛长鸣着，人们都从家里跑出来，涌到工厂的大门口。在这些平常上工的时候很少看见人影的街道上，忽然出现了很大的骚动。

家里来了好多陌生人，他们的脸都是很苍白而又很难过的样子，有些女人甚至在啜泣着。这是为什么呢？小杜果想不出。

阿依色奶奶把杜果的小手握在她的手里。对这个，杜果觉得不大舒服，当他在阿依色奶奶身边走下台阶的时候，他喃喃地自语："我已经够大了，能自己下去，干吗还领着我？妈妈从来不这样，她知道我已经长大了。"

啊，妈妈！他想，要把阿依色奶奶请他去玩，去吃李子的这件了不起的事告诉她……妈妈一定会因为他而骄傲的。

小杜果也因为这个邀请感到骄傲，尤其是他忽然间变成一个惹人注意的目标了，所有挤在房子里和小路上的人都那么注意他，有的抚摸他的长头发，有的轻轻地拍拍他的小脸蛋，有的还拥抱他，路拐角那个卖杂货的还给他一大块巧克力糖。杜果十分满意于自己的显要地位。

阿依色奶奶把杜果一个人留在花园里。他站在一个墙角落里，挺老实，挺安静，几乎是一动不动的。是不是他害怕那个温柔地请他到花园里来玩，而绝对不许别的孩子进来的老太太呢？她已经不在花园里了。一只常常同他一起在街上玩的小狗，又碰到了小杜果，快活地摇尾巴，可是，小杜果对什么也不感兴趣，他不想玩也不想吃李子。他想：妈妈下工回来的时候，他要向妈妈要钱去买个西瓜，他非常喜欢那圆圆的象个大皮球似的西瓜，他爱那花花绿绿的瓜皮，还有那香甜的汁液。

妈妈……他是多么爱她呀！妈妈穿着一件绿色的衣服，今天早晨去上工的时候，她的嘴唇多么红，她总是那么笑嘻嘻的，总是那么美丽。想到美丽的妈妈，他忽然打了个冷战，有点想哭了。

太阳已经很高了，阿依色奶奶才回来。她手里拿着一块黄油面包。"来呀，小乖！把这个吃了吧。上边有黄油，还有蜜。"

"谢谢，阿依色奶奶。"

杜果非常喜欢吃蜜，可是，这块黄油面包一点也不香！……他只有一个愿望——离开这里，回到家里去找妈妈。可是，他很懂得，应该待在这儿，并且把那块黄油面包吃掉。

花园的门又打开了。杜果还在原来的地方，但他不再是站着，而是躺在地上，睡着了。一只抚摸着他的脸蛋的手把他弄醒了，他突然喊出一声："妈妈……"不，那不是妈妈，是和妈妈长得很像的玛利哈姨。听到"妈妈"的叫声，玛利哈姨那只抚摸他的手缩了回去，她用两只手捂着脸呜咽起来了。阿依色奶奶喃喃地说：

"瞧你怎么啦……安静下来吧，我的孩子！孩子……"

这个年轻的女人重新俯下身把小杜果抱起来，搂在怀里，并且亲吻

着他苍白的小脸，把它浸在眼泪里。"来吧，小宝贝，咱们回家去吧。"

小杜果，每当人家抱着他的时候，他便觉得好像是受了侮辱似的。可是，今天，他没有反抗，他疲乏地把小脑袋靠在玛利哈姨的肩膀上，闭上了眼睛。

他被带到了玛利哈姨家里。杜果没有问她："为什么把我带到您这儿来！妈妈在哪儿呢？……"

几个月过去了，杜果从来没有提起过妈妈，用安静和漠然来对待妈妈的不在。

可是，有一天，当工厂里的爆炸再一次震撼了工人们的小房子，工厂汽笛的长鸣在空中激荡着的时候，这孩子，突然脸色苍白，放下了手里的玩具，站起来迟缓地走近他的姨，用一种沉重的声音说："我知道，妈妈死了……就是在爆炸声音以后，工厂汽笛响起来的那天，像今天一样……"

在很短的时间里，他想抑制住自己，可是，他的嘴唇颤抖了，在玛利哈姨还没有来得及回答他之前，眼泪从他的眼睛里涌出来了。忽然，他好像从自尊心的重担下解脱了出来似的，哭泣了，嘴里呻吟着："妈妈！……妈妈！……"

奇妙的礼物

[英] 富·奥斯勒

　　小金·格里丝推开店门的当儿，彼得·理查兹正觉得百无聊赖，认为自己是全城最孤独的一个人。

　　彼得的祖父生前是这爿古玩店的老板，死后，店铺就留给了彼得。小店门口的橱窗里摆满了各式各样漂亮的古玩。

　　这是冬天的一个下午。有一个女孩站在橱窗前，脸蛋贴近玻璃，专心致志地朝里面瞅，一双天真烂漫的大眼睛对每件东西都仔细端详。过了好一会儿，她脸上露出笑靥，似乎很满意了，离开橱窗，推门走进了商店。

　　彼得站在柜台后面。他正当而立之年，头发却过早地花白了。他眼光冷漠，俯视着面前的小女孩。

　　"请你把窗子里那串漂亮的蓝珠珠项链拿出来，给我看看，好吗？"小女孩开门见山地说。

　　彼得从橱窗里把项链取出来，举在手中，让女孩看。那蓝珠珠项链在他手里光彩熠熠，好看极了。

　　"就是这串，就是这串！"女孩拍手雀跃，"请你用漂亮的纸给我包起来，好吗？"

　　彼得冷冷地打量着她："你是给什么人买的吧？"

　　"给我的姐姐，她一直照管我的。这是妈妈死后的第一个圣诞节，我想送她一件顶顶漂亮的礼物。""你有多少钱呢？"彼得问。女孩从衣袋里掏出一把零钱放在柜台上。"就这些！"她又补充说，"我一直都有在为姐姐的礼物攒钱。"

彼得看着女孩，沉思一会儿，然后小心翼翼地用手盖住了项链的价格标签。他怎能把价钱告诉她呢？

"稍等一会儿，"他说，旋即走进店房内间。"你叫什么名字？"他高声问。听动静像忙什么。"金·格里丝。"女孩答。当彼得重新回到柜台前时，他手中托着一个小包，用漂亮的圣诞纸包着，上面系着一条绿色丝带。

"给你，"他说，"路上要当心，不要弄丢了。"

女孩冲他甜甜一笑，接过小包，轻捷地跑出了店门。彼得目送女孩渐渐远去突然感到更加孤独了。

小金·格里丝和那串蓝珠珠项链又一次唤醒了彼得痛苦的记忆。女孩的头发像阳光一样金黄灿烂，她的眼睛像海水一样湛蓝湛蓝。彼得爱过的一个姑娘有着同样金黄的头发，同样湛蓝的眼睛，并且那挂蓝宝石项链是彼得专为她准备的。可是在一个阴雨绵绵的夜晚，一辆汽车驶离了车道，夺走了彼得倾心热恋的那位姑娘的生命……

彼得变得孤僻了，他一直过着单身的生活。白天他跟顾客谈生意，晚上关了店门，他便沉浸在莫可名状的悲痛中。久而久之，他在这种自悲自怜中，几乎要把那碧眼金发的姑娘给淡忘了……

小金·格里丝使他重新记起了失去的一切。回忆使他倍感神伤，以至于在以后的几天里，他真想关上店门，躲开纷至沓来、专为购买圣诞礼物的人们。

圣诞节前夜，当最后一位顾客离开了店门，彼得方才感到一阵轻松，一切总算过去了，新的一年开始了。

但是，对于彼得·理查丝来说，这个夜晚并没有过去——商店的门被推开了，一位妙龄女郎走了进来，她的头发阳光一样金黄金黄，眼睛海水一般湛蓝湛蓝。

女郎没有说话，只把一个用漂亮的圣诞纸包着的小包放在柜台上，上面有根绿色丝带。彼得打开小包，那挂宝石项链便又重新呈现在他眼前。

"这是你店里卖出去的吧？"女郎开口问道。

彼得看着她，目光已不是冷漠的了。

"是的，它虽不是世上最好的蓝宝石，但它的确是真的。"

"你还记得把它卖给谁了吗？"

"一个叫金·格里丝的小姑娘。说是为她姐姐买的圣诞礼物。"

"值多少钱？"

"我不能告诉你。"彼得说，"卖主是从不告诉别人顾客花了多少钱的。"

"但是，她最多也只有几个便士，无论如何也……"

彼得小心翼翼地用圣诞纸重新把项链包好，又用绿色丝带系起来，一切都像他为小金·格里丝做的一样。

"她付了一个人所能付的最高价！"他说，"她拿出了她自己全部的钱。"

有好大一会儿，小店里静无声息。教堂的钟声响起来。午夜了。又一个圣诞节日开始了。

"但是，你为什么要那样做呢？"女郎关切地问。

彼得将小包放在她的手里。

"我没有任何人可以送圣诞礼物。"他说，"已经是圣诞节的凌晨了，请允许我陪你回家好吗？我愿意在你家门口，祝贺你圣诞节快乐。"

就这样，迎着圣诞的钟声，彼得·理查兹和这位他还不知道姓名的女郎迈出古玩的大门，走向了一个新的玫瑰色的充满幸福和希望的圣诞日……

选　择

[英国] 罗·克·库克

"有钱是多么快活！"坐在茶几旁的肖夫人，当她拿起古色古香的精细的银茶壶倒茶时，心里也许是这样想的。她身上的穿戴，屋里的陈设，无不显示出家财万贯的气派。她满面春风，得意之情溢于言表。然而，由此而认定她是个轻浮的人，却是不公平的。

"你喜欢这幅画，我很高兴，"她对面前那位正襟危坐的年轻艺术家说，"我一直想得到一幅布吕高尔的名作，这是我丈夫上星期给我买的。"

"美极了！"年轻人赞许地说，"你真幸运。"

肖夫人笑了，那两条动人的柳眉扬了扬。她的双手细嫩而白皙，犹如用粉红色的蜡铸成似的，把那只金光灿灿的戒指衬得更加耀人眼目。她举止娴静，既不抚发整衣，也不摆弄小狗或者茶杯。她深深懂得，文雅能给予人一种感染力。

"幸运？"她说，"我并不相信这套东西。选择才是决定一切的。"

年轻人大概觉得，她将富有归于选择两字，未免过于牵强。但他什么也没说，只是很有分寸地点点头，让肖夫人继续说下去。

"我的情况就是个明证。"

"你是自己选择当有钱人的啰？"年轻人多少带点揶揄的口吻。

"你也可以这样说。十五年前，我还是一个拙笨的学生，……"

肖夫人略微停停，故意给对方说点恭维话的机会。但年轻人正在暗暗计算她在学校里呆的时间。

"你看，"肖夫人继续说，"我那时只知道玩，身上又有一种叫什么自然美的东西，但却有两个年轻人同时爱上了我。到现在我也搞不清楚他们为什么会爱上我。"

年轻人似乎已横下心不说任何恭维的话，但也没有流露出丝毫烦躁的神色，虽然一直在考虑如何将谈话引到有意义的话题上去。他太固执了，怎么也不肯逢迎。

"两个当中，一个是穷得叮当响的学艺术的学生，"肖夫人说，"他是个浪漫可爱的青年。他没有从商的本领，也没有亲戚的接济。但他爱我，我也爱他。另外的一个是一位财力显赫的商人的儿子。他处事精明，看来前程未可限量。如果从体格这个角度去衡量，也可称得上健美。他也像那位学艺术的学生一样倾心于我。"

靠在扶手椅上的年轻人赶忙接住话茬，免得自己打呵欠。

"这选择是够难的。"他说。

"是的。要么是家中一贫如洗，生活凄苦，接触的尽是些蓬头垢面的人。但这是罗曼蒂克的爱情，是真正的爱情。要么是住宅富丽堂皇，生活无忧无虑，服饰时髦，嘉宾盈门，还可到世界各地旅游，一切都应有尽有。……要是能两全其美就好了。"

肖夫人的声调渐渐变得有点伤感。

"我在犹豫不决的痛苦中煎熬了一年，始终想不出其他办法。很清楚，我必须在两人当中作出选择，但不管怎样，都难免使人感到惋惜。最后……"肖夫人环视了一下她那曾为一家名叫《雅致居室》的杂志提供过不少照片的华丽的客厅，"最后，我决定了。"

就在肖夫人要说出她如何选择的这相当戏剧性的时刻，外面进来了一位仪表堂堂的先生，谈话被打断了。这位先生，不但像一位时装展览的模特儿，而且像一幅名画里的人物，他同这里的环境十分协调。他吻了一下肖夫人，肖夫人继而将年轻人介绍给他的丈夫。

他们在友好的气氛中谈了十五分钟。肖先生说，他今天碰见了"可怜的老迪克·罗杰斯"，还借给他一些钱。

"你真好，亲爱的，"肖夫人漫不经心地说。

肖先生稍坐了一会儿就出去了。

"可怜的迪克·罗杰斯，"肖夫人喟然叹道，"我料你会猜到了，那就是另外的一个。我丈夫经常周济他。"

"令人钦佩。"年轻人略略地说，他想不出更好的回答。他该走了。

"我丈夫经常关照他的朋友，我不明白他哪来这么多时间。他工作够忙的。他给海军上将画的那幅肖像……"

"肖像？"年轻人十分惊讶，猛然从扶手椅上坐直了身子。

"是的，肖像。"肖夫人说，"哦，我没有说清楚吧？我丈夫就是那位原来学艺术的穷学生。我们现在喝点东西，怎么样？"

年轻人点点头，似乎不知该说什么才好。

小托布拉

[英国] 罗·吉卜林

　　正像英文报纸上写的那样，"犯人的脑袋还够不着被告席的基本顶端"。但是，没有人报道这件案子，因为谁也不在乎小托布拉是死是活。在法院的红房子里，陪审员们坐在小托布拉上头，坐了整整一个漫长而炎热的下午。不论什么时候陪审员向他提个问题，他总是行个额手礼，再哀声问答。陪审员们的裁决是证据不足，而法官也同意这个裁决。千真万确小托布拉的妹妹的尸体是在井底发现的，而小托布拉是当时方圆半英里范围内唯一的人。而那个小女孩子也许偶然掉进井里的。于是，小托布拉就被释放了。人们告诉他说，他愿意到哪里就到哪里去。这话对他来说并不像听上去那样慷慨，因为他无处可去，尤其是没有东西吃，没有衣服可穿。

　　他快步走进法院的院子里，一屁股坐在井栏上，寻思着如果跳进井下的黑水里淹不死，会不会导致在苦海的黑水里挣扎一辈子。有个马夫把一只吃空了的马粮口袋放在砖堆上，小托布拉因为饿极了，就动手把袋子刮了一遍，寻找马儿漏下的湿麦粒。

　　马夫喊道："喂！小偷！刚从法院的恐怖中释放出来的小偷！过来！"小托布拉被揪着耳朵带到一个高大肥胖的英国人面前，马夫对英国人讲了一遍小托布拉偷吃马粮口袋的事。

　　"哈！哈！哈！"英国人叫了三遍（不过他用的是个更厉害的字眼）。

"把他放进网里，带回家去。"于是，小托布拉被扔进大车上的网里，毫无疑问他像只猪一样被紧紧捆住，然后被拉到英国人家里。"哈！"英国人跟原先一样大嗓门叫着。"湿麦粒！老天爷！你们哪一个，喂喂这个小要饭的。我们叫他赶马车！明白吗？湿麦粒！老天爷！"

吃过晚饭，仆人们在主人正房后面的仆人住处躺下来歇息。这时，马夫头对小托布拉说："讲讲你自己是怎么回事吧！你不是马夫贱民出身。你要不是想填满肚子，你不会当马夫的。你怎么进法院的？为什么来的？快回答，你这个小鬼崽子！"

"家里不够吃的，"小托布拉轻声回答。"这里是个好地方。"

"说老实话，"马夫头插了一句，"要不，我们就让你去清扫那匹大红公马的马厩。那匹马咬起人来可像匹骆驼。"

"我们家本来是榨油的，"小托布拉一边说，一边在尘土里蹭着脚趾头。"我们家原来是榨油的——我爸爸，我妈妈，我哥哥、比我大四岁的哥哥，我自己，还有我妹妹。"

"她就是那个死在井里的小女孩，对吗？"一个曾听到审讯情况的马夫问道。

"是的，"小托布拉阴沉地回答。"她就是死在井里的小女孩。很早以前，我记不得什么时候了，一场大病传到我们榨油的那个村子。我妹妹先是害眼病，接着瞎了眼，因为那是天花。后来，我爸爸和妈妈都染上天花病死了。我们几个孩子就成了孤儿，我哥哥十二岁，我才八岁，还有那个瞎眼的妹妹。但是，当时牛和榨油机还在，我们就凑合着跟从前一样榨油谋生。可是索荣·达斯，那个粮食贩子，同我们做买卖，把我们坑了。那头牛是条不好赶的犟牛。我们求神保佑，就在牛的脖子上放上金盏草花，在穿过屋顶架起来的轧碾机大梁上也放上金盏草花。但是我们这样做，什么好处也没得到。索荣·达斯真是个狠毒的人。"

"骗子，"马夫们的妻子都在窃窃私语。"那么样糊弄一个孩子！姐妹们，我们可知道那些买卖人是些什么东西。

"榨油机是台旧机器，而我们——我哥哥和我，也不是什么有力气的人。我们无法把大梁的端部牢牢地固定在槽里。"

"是呀，确实是这样，"穿着华丽衣裳的马夫头目的妻子加入了谈话的人群，插了一句。"那是有力气的人才能干的活。我在娘家做姑娘的时候……"

　　"女人家，住嘴！"马夫头喝道。"讲下去，孩子！"

　　"没什么，"小托布拉说。"有一天，大梁压塌了屋顶，什么时候我记不住了。随着屋顶坍塌，大部分墙也倒了下来。屋顶和墙砸在我们的牛身上，牛脊梁砸断了。结果，我们没了家，也没了榨油机和牛——只剩下我哥哥，我自己和瞎眼的妹妹。我们哭着离开那个地方，手拉着手，穿过田野。我们剩下的钱只有七安娜六派。那块地方正在闹灾荒。我不知道那块地方叫什么名字。结果，在一个夜晚，当我们睡着了时候，我哥哥拿了我们仅剩那五安那钱逃跑了。我不知道他去了什么地方。我爸爸的在天之灵会诅咒他的。我和妹妹在村里要饭。但是，没人肯赏点剩饭。人们都说：'到英国人那里去，他们会给的。'我不知道英国人什么样子。但是人们都说英国人是白人，住在帐篷里。我去了，但我现在说不清去了什么地方。我和妹妹一点吃的也没有了。在一个炎热的夜晚，她哭着要吃的。我们来到一个井边，我叫她坐在井栏上，就猛地把她推进井里。说真的，她什么也看不见，死了比活着挨饿强。"

　　"呜！呜！"马夫的妻子一块哭了起来。"是他把女孩子推进井里的，因为死了比活着挨饿强。"

　　"我当时自己也要跳井的，但是她当时没死，从井底喊我。我一害怕，就跑了。有个人从庄稼地里跑出来说，我把她给害死了，还把水给弄脏了。人们把我带到一个英国人面前，他是白人，样子可怕，住在帐篷里。他把我送进法院。但是没有证人。而且，死了比活着挨饿强。再说，我妹妹有眼看不见，而且她只是个小孩子。"

　　"只是个小孩子，"马夫头目的妻子随着说。"可你是个什么东西？弱得像只小鸡，小得像匹刚活了一天的马驹，你到底是个什么东西？"

　　"我原来肚子里空空的，可现在肚子填饱了。"小托布拉一边说，一边躺在土地上伸伸四肢。"我想睡觉了。"

　　当小托布拉舒舒服服睡着了的时候，马夫头目的妻子在他身上盖了一块布。

敞开着的窗户

[英国] 萨基

"纳托尔先生，我婶母马上就下楼来，"一位神色泰然的十五岁少女说道。"在她没下来之前，暂且由我来招待您，请多包涵。"

弗兰普顿·纳托尔尽量地应酬几句，想在这种场合下既能恭维眼前招待他的这位侄女，又不致于冷落那位还没露面的婶母。可是心里他却更为怀疑，这种出自礼节而对一连串的陌生人的拜访，对于他当时所应治疗的神经质毛病，究竟会有多大好处？

在他准备迁往乡间僻静所在去的时候，他姐姐曾对他说，"我知道事情会怎样，你一到那里准会找个地方躲起来，和任何活人都不来往，忧郁会使你的神经质毛病加重。我给你写几封信吧，把你介绍给我在那里的所有的熟人，在我记忆中，其中有些人是很有教养的。"

弗兰普顿心里正在琢磨，他持信拜访的这位萨帕顿夫人，属不属于那一类有教养的人。

"附近的人，您认识得多吗？"那位侄女问道。看来她认为他俩之间不出声的思想交流进行得够久的了。

"几乎谁也不认识，"弗兰普顿回答说。"四年前我姐姐曾在这里呆过。您知道，就住在教区区长府上。她写了几封信，叫我拜访一些人家。"

他说这最后一句话时，语调里带着一种十分明显的遗憾口气。

"这么说，您一点也不知道我婶母家的情况了？"泰然自若的少女追问道。

"只知道她的芳名和地址。"客人承认说，推测着萨帕顿夫人是有配偶呢还是孀居，屋里倒是有那么一种气氛暗示着这里有男人居住。

"她那场大悲剧刚好是三年前发生的，"那个孩子接着说，"那该是在您姐姐走后了。"

"她的悲剧？"弗兰普顿问道。悲剧和这一带静谧的乡间看来总有点不和谐。

"您可能会奇怪，我们为什么在十月间还把那扇窗户敞开得那么大，尤其在午后。"那位侄女又说，指着一扇落地大长窗。窗外是一片草坪。

"这季节天气还相当暖和，"弗兰普顿说，"可是，那扇窗户和她的悲剧有关系吗？"

"恰好是三年前，她丈夫和她两个兄弟出去打一天猎，就是从那扇窗户出去的。他们从此再也没有回来。在穿过沼泽地到他们最爱去的打鹬场时，三个人都被一块看上去好像满结实的沼泽地吞没了。您可知道，那年夏天的雨水特别勤，往年可以安全行走的地方会突然陷下去，事前连一点也觉察不出。连他们尸体都没找到。可怕也就可怕在这儿。"说到这里，孩子讲话时的那种镇静自若的声调消失了，她的话语变得断断续续，激动起来，"可怜的婶母总认为有一天他们会回来，他们仨，还有那条和他们一起丧生的棕色长毛小狗。他们会和往常一样，从那扇窗户走进屋来。这就是为什么那扇窗户每天傍晚都开着，一直开到天色十分黑的时候。可怜的婶母，她常常给我讲他们是怎样离开家的，她丈夫手背上还搭着件白色雨衣，她的小兄弟朗尼嘴里还唱着：'伯蒂，你为何奔跑？'他总唱这支歌来逗她，因为她说这支歌叫她心烦。您知道么？

"有的时候，就像在今天，在这样万籁俱静的夜晚，我总会有一种令人毛骨悚然的感觉，我总觉得他们几个全会穿过那扇窗户走进来……"

她打了个寒噤，中断了自己的话，这时她婶母匆忙走进屋来，连声道歉，说自己下来迟了。弗兰普顿不禁松了一口气。

"薇拉对您的招待，总还可以吧？"她婶母问道。

"啊，她挺风趣。"弗兰普顿回答。

"窗户开着，您不介意吧？"萨帕顿夫人轻快地说，"我丈夫和兄弟们马上就要打猎回来。他们一向从窗户进来。今天他们到沼泽地去打鹬鸟，回来时准会把我这些倒霉的地毯弄得一塌糊涂。男人们就是这么没心肝，是吧？"

她兴致勃勃地继续谈论着狩猎、鹬鸟的稀少和冬季打野鸭的前景。可是对弗兰普顿来说，这一切确实太可怕了，他拼命想把话题转到不那么恐怖的方面去，可是他的努力只有部分成功。他意识到，女主人只把一小部分注意力用在他身上，她的目光不时从他身上转到敞开着的窗户和窗外的草坪上。他竟在悲剧的纪念日里来拜访这个人家，这真是个不幸的巧合。

"医生们都一致同意要我完全休息，叫我避免精神上的激动，还要避免任何带有剧烈体育运动性质的活动。"弗兰普顿宣称。他有着那种在病人中普遍存在的幻觉，错误地认为，陌生人或萍水相逢的朋友，都非常渴望知道他的疾病的细节，诸如得病的原因和治疗方法之类。他接着又说，"可是在饮食方面，医生们的意见不太一致。"

"噢，是吗？"萨帕顿夫人用那种在最后一分钟才把要打的呵欠强压了回去的声调说。突然，她笑逐颜开，精神为之一振——但却不是对弗兰普顿的话感到了兴趣。

"他们回来了！"她喊道。"刚好喝下午茶。你看看，浑身上下全是泥，都糊到了眼睛上了！"

弗兰普顿略微哆嗦了一下，把含着同情的理解的目光投向那位侄女。可是那孩子此时却凝视着窗外。眼光里饱含着茫然的恐怖。弗兰普顿登时感到一股无名的恐惧。他在座位上急忙转过身来，向同一方向望去。

在苍茫暮色中，三个人正穿过草坪向窗口走来，臂下全挟着猎枪，其中一个人肩上还搭着一件白色雨衣。一条疲惫不堪的棕色长毛小狗紧跟在他们身后。他们无声无息地走近这座房子。然后一个青年人沙哑的嗓音在暮色中单调地唱道："我说，伯蒂，你为何奔跑？"

弗兰普顿慌乱地抓起手杖和帽子。在他的仓皇退却中，怎么穿出过道，跑上碎石甬路，冲出前门，这些只不过是隐隐约约意识到而已。路上的一个骑自行车的人，为了和他避免相撞，紧急地拐进路旁的矮树丛里去了。

"亲爱的，我们回来了，"拿着白色雨衣的人说道，从窗口走了进来。"身上泥不少但差不多全干了。我们走过来的时候冲出去的那个人是谁呀？"

"一个非常古怪的人物，一位纳托尔先生，"萨帕顿夫人说。"他光知道讲自己的病。你们回来的时候，他连一句话也没说就跑掉了，更不用说道歉了，真像是大白天见到了鬼。"

"我想，他大概是因为见了那条长毛小狗，"侄女镇定地说。"他告诉我说，他就是怕狗。有一次在恒河流域什么地方，他被一群野狗追到了一片坟地里，不得不在刚挖好的坟坑里过了一夜。那群野狗围着他的头顶转，龇着牙，嘶叫着，嘴里还吐着白沫。不管是谁，也得吓坏了！"

灵机一动，编造故事，是她这位少女的拿手好戏。

祖父的表

［英国］斯·巴斯托

那块挂在床头上的表是我祖父的，它的正面雕着精致的罗马数字，表壳是用金子做的，沉甸甸，做工精巧。这真是一块漂亮的表，每当我放学回家与祖父坐在一起的时候，我总是盯着它看，心里充满着渴望。

祖父病了，整天躺在床上。他非常喜欢我与他在一起，经常询问我在学校的状况。那天，当我告诉他我考得很不错时，他真是非常兴奋，"那么不久，你就要到新的学校去了？"他这样问我。

"然后我还要上大学。"我说，仿佛看到了我面前的路，"将来我要当医生。"

"你肯定会的，我相信。但是你必须学会忍耐，明白了吗？你必须付出很多很多的忍耐，还有大量的艰辛劳动，这是走向成功的必经之路。"

"我会的，祖父。"

"好极了，坚持下去。"

我把表递给祖父，他紧紧地盯着它看了好一阵，给它上了发条。当他把表递给我的时候，我感到了它的分量。

"这表跟了我50年，是我事业成功的印证。"祖父自豪地说。

祖父从前是个铁匠，虽然现在看来很难相信那双虚弱的手曾经握过那把巨大的锤子。

盛夏的一个晚上，当我正要离开他的时候，他拉住我的手。"谢谢你，小家伙"，他用一种非常疲劳而虚弱的声音说，"你不会忘记我说的话吧？"

一刹那，我被深深地感动了。"不会，祖父。"我发誓说，"我不会忘记的。"

第二天，妈妈告诉我，祖父已经离开了人世。

祖父的遗嘱读完了，我得知他把那块表留给了我，并说我能够保管它之前，先由我母亲代为保管。我母亲想把它藏起来，但在我的坚持下，她答应把表挂在起居室里，这样我就能经常看到它了。

夏天过去了，我来到了一所新的学校。我没有很快找到朋友，有一段时间内，我很少与其他的男孩交往。在他们中间，有一位很富有的男孩，他经常在那些人面前炫耀他的东西。确实，他的脚踏车是新的，他的靴子是高档的，他所有的东西都要比我们的好，一直到他拿出了自己的那块手表。

正如他自己所说的，那表不但走时极为准确，而且还有精致的外壳，难道这不是最好的表？

"我有一块更好的表。"我宣称。

"真的？"

"当然，是我祖父留给我的。"我坚持。

"那你拿来给我们看看。"他说。

"现在不在这儿。"

"你肯定没有！"

"我下午就拿来，到时你们会感到惊讶的！"

我一直在担心怎样才能说服母亲把那块表给我，但在回家的汽车上，我记起来那天正好是清洁日，我母亲把表放进了抽屉，一等她走出房间，我一把抓起表放进了口袋。

我急切地盼着回校。吃完中饭，我从车棚推出了自行车。

"你要骑车子？"妈妈问，"我想应该将它修一修了。"

"只是一点小毛病，没关系的。"

我骑得飞快，想着将要发生的激动人心的时刻，我仿佛看到了他们羡慕的目光。

突然，一条小狗窜入了我的车道，我死命地捏了后闸，然而，在这同时，闸轴断了——这正是我想去修的。我赶紧又捏前闸，车子停了下来，可我也撞到了车把上。

我爬了起来，揉了揉被摔的地方。我把颤抖的手慢慢伸进了口袋，拿出了那块我祖父引以自豪的物品。可在表壳上已留有一道凹痕，正面的玻璃已经粉碎了，罗马数字也已经被古怪地扭曲了。我把表放回口袋，慢慢骑车到了学校，痛苦而懊丧。

"表在哪儿？"男孩子们追问。

"我母亲不让我带来。"我撒了谎。

"你母亲不让你带来？多新鲜！"那富有的男孩嘲笑道。

"多棒的故事啊！"其他的人也跟着哄了起来。

当我静静地坐在桌边的时候，一种奇怪的感觉袭了上来，这不是因同学的嘲笑而感到羞愧，也不是因为害怕母亲的发怒，不是的，我所感觉到的是祖父躺在床上，他虚弱的声音在响：

"要忍耐，忍耐……"

我几乎要哭了，这是我年轻时代最伤心的时刻。

黑勾利斯

［英国］乔叟

　　常胜的英雄黑勾利斯，在他那个时代他是体力之花，他自己的丰功伟绩传遍了遐迩。他杀过狮子，撕剥了兽皮；半人半马的怪物大言不惭，是黑勾利斯把它克制住的。他还杀了有翼的女怪们、那凶残的鸟；他由巨龙那里夺得了金苹果；他把三头犬带出了地狱；他杀死了残暴的布塞路斯，将他的尸体连骨带肉丢给他的马群噬食；他杀过火毒的蛇；阿基洛斯的两只角他折断了一只；在石穴里他杀了卡葛斯；他还杀了巨人恩铁斯和凶猛的野猪；好些日子他用颈子顶着天庭。天地开创以来没有一人像他所杀死的怪物那样多的。他的名声传遍了全世界，人人都听到了他的威力和盛德，而且游踪也踏遍了万国。无人不怕他的勇猛，谁也不敢违抗他；特罗非说，他在两个世界的尽头都竖立了高大的柱石，作为界碑。

　　这位伟大的英雄有个情妇，名叫台恩尼拉，像五月的天气一样鲜艳。学者们都说，她送给他一件内衣，十分美观。可是不幸得很！这件内衣却暗藏着毒素，他穿上不到半天，他全身的肉都从骨头脱落下来了。也有些学者们为他辩护，说是一个名叫纳塞斯的怪物做出这恶毒的勾当。不管怎样，我却不怪她，反正他贴身穿上了这件内衣，身上的肉就中毒而转黑了。他见事已无补，就爬拢了一堆烧红的煤火，宁愿烧死，不肯毒死。就此这位大英雄结束了他的生命。

　　啊，谁能老是依靠着命运呢？一个人跟着忙碌的世途追逐，常常在不警觉之间就被摧毁了。人总要有自知之明才是道理。小心谨慎，莫让幸运来谄媚你，她最善于趁你不经意时向你袭击的。

素 材

[英国] 威·毛姆

很久以来，我就想以一个专心玩扑克牌骗钱的人为主人公来写一篇小说。人海茫茫，我四处寻找，希望能找到以此为业的人。可是，人们普遍地认为这种职业多少有点不光彩，凡参与这种行当的人都是不愿公开承认他们自己的身份的。他们嘴上不挂着这件事，你就无从了解他们。往往要到你已成为他们的一个好朋友，甚至和他们一起玩过几圈牌之后，才看出他们是在以什么方式弄到钱来维持生活的。即使如此，他们也不愿意把你拉进他们那个圈子里去。他们这些见不得人的勾当，一遇警察、赌场掮客和旅店老板在场就收敛起来了。他们这种专干坏事的秉性，使他们成为小说家最难研究的一个阶层。

我曾有幸地接触过几个这样的人。我发现他们外表还挺和蔼可亲，乐于助人，彬彬有礼的。可当我闪烁其词而又十分慎重地暗示我对他们那种叫牌的技法感到一种纯职业性的好奇心时，他们一下子就变得那么不自在，似乎没有什么交道可打的。我把牌一拢，那个味道立即使他们紧闭双唇、一语不发了。但我也不是那么容易泄气的。经验告诉我，他们的戒备是由于我过于直率而引起的。看来我必须迂回行事。于是，我又像孩子一样若无其事地埋头同他们玩起来。我发现他们对我倍加注意，还可以说对我有些关心的意思。他们坦率地告诉我，从未看过我的作品，不过对我是一位小说家颇感兴趣。我想他们约摸也意识到我同样在按照他们并非粗心大意暴露的那种格式在叫牌啦。我还得凭借大胆的猜度来体会这一题材，而且还必须有耐心，勤动脑筋。

这两位高雅的人是我不久以前才结识的。我通过他们似乎增加了我对那种职业的了解。可以想象我是多么高兴地结识他们呀。我当时正从海防（越南北部城市）乘法国邮轮向东航行。他俩从香港上了船。他们是刚从香港观看赛马后返回上海去。我则是到上海后还要去北京。我很快就打听到他们是从纽约开始这一次短期旅行的，也准备到北京去。非常巧，他们预订的返回美国的船票和我预订的是同一艘船。这两位都是乐天派，所以我很自然地被他们吸引住了。可是要不是有一位旅客提醒我，说他俩是职业赌徒，我还不定会钻山打洞地来交上这么两个朋友哩。我无法指望他们多谈些有关他们这种有趣的职业的事，可我还是通过左一个暗示，右一个启发，让他们不知不觉地说出一些于我有用的东西来。

他们中的一位叫坎贝尔，三十好几了，身材瘦小，但英俊洒脱，使人并不觉其纤弱矮小。他的那双大眸子充满缠绵的忧郁，手指纤细而秀美。他穿着整洁，说话慢条斯理，声音低沉，举止稳重。要不是因为早衰而略有点秃顶的话，他一定是一位充满魅力的人儿。而他的同伴却完全是另一副模样。他长得膀粗腰圆，魁梧高大，紫红的脸庞，乌黑鬈曲的头发，强壮的胳膊，一副粗犷而咄咄逼人的气概。他叫皮特逊。

这样两个人结合在一起，好处自不待说。英俊洒脱、举止高雅的坎贝尔头脑敏捷得令人难以捉摸。他知识渊博，手脚利落，但是干这种生涯的风险是屡见不鲜的了，即使皮特逊出面大打出手也枉然。至于说皮特逊一拳就可以把一个人打下海去的说法，在船上不胫而走是咋回事，我就不得而知了。不过在从香港到上海的途中，他们却从不提及赌博。也许是在赛马周中大有所获，现在也应该休息休息了吧。在这种季节里能够不呆在干燥的国家里倒也叫人高兴哩。要是说他们根本不是什么伤怀感触，也并非不公平。他们二人都闭口不谈自己，而总是以对方为话题。坎贝尔告诉我，皮特逊是纽约的一位著名采矿工程师；皮特逊则向我介绍坎贝尔是一位大名鼎鼎的银行家，他的家赀简直多得令人难以置信。我是什么人，能不相信他们所说的一切？我倒是认为坎贝尔干嘛不穿得更珠光宝气、装得更像一些呢？他用的烟盒也只是个银质的，这在我看来也是太不讲究啦。

我在上海只逗留了一天，后来在北京因公事太多，难以脱身，只见到了他俩几次。我只觉得坎贝尔有点古怪，整天不出旅馆，我想他甚至连天坛也没去看过。不过，我说不准是不是在他们眼里，北京是没什么可叫他们流连的。我对这两个人要回到那富商大贾云集、赌场一掷巨金的上海去，当然就一点也不奇怪了。在横渡太平洋的船上，我又见到了他俩。可是看来其他的乘客都不太喜欢赌博，我不禁替这二位职业赌徒感到遗憾。乘客中又没有阔佬，都是一帮愚昧之众。坎贝尔提议开一场扑克牌来赌上一赌，但是在场的人筹码要到 20 元以上的一个也没有。那个皮特逊显然认为不值得一玩，干脆不来参加。我们这些参加打牌的，整天整天地泡在里面，直到最后一天，皮特逊才在我们旁边坐了一坐。我以为他在划条子请大伙喝上一点什么，谁知他却只是要了一个单份，一个人也满意足地在呷。坎贝尔倒似乎挺喜欢赌那么两下子。一个人在从事他所喜爱的事业，并且能弄到钱以维持生活时，自然是会悉心以赴的。筹码对他来说是无所谓的，他每赌必在场，他那发牌的姿态真是引人入胜，柔嫩纤细的手，动作优雅缓慢。他的眼睛似乎可以看到每一张牌的背面。他喝了那么多酒，却不失冷静和自制力、脸上毫无表情，一看就知道是一个玩牌的好手。我原想能看出他如何巧妙作弊哩，可我看到他对待这样一场娱乐性的牌赛竟然也这样正派，严肃认真，不禁使我对他油然起敬了。

在维多利亚，我和他们分手了。我想可能再也见不到他们了，我着手将对他们的印象加以分类整理，并把那些我认为对我有用的一些东西提要下来。

到达纽约后，我收到了一张一位老朋友邀我去利兹大饭店参加午宴的请柬。到那儿以后，她告诉我："这是一个小型宴会，邀请的还有另外一位人，你一定会喜欢他的。他是一位出类拔萃的银行家，还带着他的一位朋友。"

她的话刚落，只见从门口笑吟吟地向我走来的竟是坎贝尔和皮特逊。我猛然一惊。坎贝尔是一位真正的富有的银行家，而皮特逊也的确是一位杰出的采矿工程师。他们根本不是什么职业赌徒。我努力控制住自己脸部因惊讶而流露出的表情，装出温文尔雅的微笑。当与他们握手时，我愤怒地低声骂道：

　　"骗子！"

花 朵

[英国] 凯·曼斯菲尔德

"可是让我告诉你，傻大爷，我们要从这'危险'的荆棘当中，摘下这'安全'的花朵。"

她躺在那儿，两眼望着天花板，眼前这一会儿算是她的时间了——对啦，眼前这一会儿算是她的时间了！这一会儿，跟她以前所想到、所感觉到的一切都没有关系，方才大夫说了些什么，甚至话还没落音，已经跟它没有关系了。这一会儿，是独自存在的，是光彩照人的，是十全十美的。它是像——像一颗珍珠。一颗光洁无瑕的珍珠，你可不能和其他的珠子混杂在一起啊……能不能把方才的经历说一遍呢？她办不到。看来，即使她没有意识到（她也的确始终没有意识到）她正在跟生命的激流作斗争…一点不错，生命的激流！——她也已经一下子放弃挣扎了。唉，还不仅是这样呢！她已经屈服了，完全屈服了，连她最纤细的神经、最细微的脉搏也都宣告屈服了；如今她正沉溺在激流的光亮的中心，听任流水把她带走……她成为她房间的一部分——成为那一束南方银莲花的一部分，成为给微风直挺挺地吹起的白色桃花窗帘的一部分，成为那镜子、那白色丝绒般的毛毡的一部分；她是那一片高昂的、震撼的、颤动的喧嚷声的一部分（只有外面流过的轻轻的铃声和喊叫声才打破了这片喧嚷）；她是那树叶和光线的一部分。

事情完了。她坐了起来。大夫又出现在眼前了。这个奇怪的小人儿。

脖子上还挂着个听诊器——原来她要求他给她检查一下心脏——把他那双洗得干干净净的手搓个不停、揉个不停，他这样跟她说……

她还是第一次见到他。当然罗，罗伊是舍不得错过最小的一次富于戏剧性意味的机会的；大夫的十分隐蔽的布罗姆堡街地址，他是从他那个无话不谈的密友那儿得来的；尽管那位朋友从来没有看到过她，"那些事"他全知道了。

"心肝儿，"罗伊说道，"还是找一个完全陌生的人好，如果万一——呃，有了我们都不希望的那种情况呢。碰到这样一类事，小心些总是不会错的。大夫的嘴最靠不住。什么大夫的嘴最紧。那只是胡说八道罢了。"于是添上一句："并不是说，我怕给世界上哪个人知道了，我才不管呢。并不是说我不愿意——假如你要我那样办的话——把这回事向四面八方宣扬出去，或是在《每日镜报》的第一版上把我俩的名字刊登出来，两个名字圈在一颗鸡心里，你知道——还插上一支利箭。"

当然，话这么说，他还是扭不过他对于神秘和隐瞒的爱好，他一心一意只想"把咱们俩的秘密守护得漂漂亮亮的"（他就是这么说的），因此他终于雇了一辆出租汽车把这个呆头呆脑的小人儿接了来。

她听到自己的声音在十分坦然地说："我这情况你什么都不要跟金先生说，行吗？如果你要说，就说我有点儿虚弱，我的心脏需要得到一些休息。因为这一阵我本来就说心口有些不舒服。"

罗伊对于那个大夫是什么样的一个人，果然看得准准的。他斜着眼睛，迅速地看了她一眼，神情有点怪；一边拿下听诊器，手指有些儿发抖，再把听诊器收拢了，塞进他的手提包中——那只包倒有些像一只破旧的帆布鞋。

"你不用担心，好小姐，"他哑着嗓子说道，"我会帮你忙的。"

必须去向一只讨人厌的小癞蛤蟆求情！她一下子站了起来，把她那件紫色的布上衣拣了起来，走到镜子跟前。有一个轻轻的叩门声，罗伊走了进来——一点不假，他面色发白，只露了半个笑容，他要听听大夫的意见。

"好吧，"大夫说道，拿起他的帽子，按在他胸口上，手指不停地在

83

帽子上轻叩着，"我所要说的，就只是这位夫人——呃——这位女人需要休息休息。她有点虚弱。她的心脏过度疲劳了。此外什么问题也没有。"

街上，手摇风琴奏出了一只什么轻快的曲子，听来像在发笑，在嘲弄，感情在奔放，中间夹杂着一串串小小的颤音、抖音：

> 我所要说的，就只是这些，这些，
>
> 我所要说的，就只是这些。

手摇风琴在嘲弄地学舌呢。琴声离得那么近，就是大夫在转动那木柄，她也不会感到奇怪的。

她看见罗伊的微笑在扩大、加深；他的两眼在闪亮。他发出了轻轻一声"啊"，吐露他的宽慰和快乐。有那么一会儿，他由着自己的高兴，两眼直瞧着她，是不是给大夫在旁边看到了，他才一点儿也不在乎呢。当她站在那儿，系上衬衫上的灰缎带，套上她那小小的紫色布外衣时，他只管对着她瞧，那种恨不得把她一口吞下去的眼光她是十分熟悉的。

他一转身就向大夫说了："一定让她出门去。一定让她立刻到海边去。"接着，他又怀着满腹心事，不安地问道："让她吃什么好呢？她正对着镜子上扣上衣的钮子，一听这话，她忍不住向他笑了。

"这可没有什么不好呀，"他不服气地说道，心花怒放地回她一笑，又笑着对大夫说："她呀，要是我不替她安排好，她会什么都不吃。光吃鱼子酱三明治，还有——还有白葡萄。那么酒呢——该不该让她喝些酒呢？"

"酒对于她的健康是不会有什么损害的。"

"香槟呢？"罗伊恳求似地问道。他是多么得意呀！

"啊，她爱喝多么多香槟就喝多么多好了，"大夫说。"还有兑水的白兰地也是这样，只要吃饭的时候她爱喝就是了。"

罗伊就爱听这话，他高兴得心头直痒痒的。

"你听见没有？"她一本正经地问道。他又是眨巴眼睛，又是吮腮帮子，好不让自己笑出来。"一杯兑水的白兰地，你中意不中意？"

在远处，传来了微弱的、已经声嘶力竭的手摇风琴声：

> 一杯兑水白兰地，
> 请来一杯兑水白兰地！
> 请来一杯兑水白兰地！

大夫好像也听到了那琴声呢。他跟她握了手，于是罗伊跟他一起到外面过道里商量付费的事去了。

她听到大门关上的声响，接着过道里响起了一阵飞快的、飞快的脚步声。这一回，他干脆往她房中直冲进来就是了。她一下子给搂进了他的怀抱，给挤成了个小不点儿，这当儿，他又热烈地、接二而连三地吻她，一边吻、一边喃喃地说道："我的心肝儿，我的美人儿，我的欢乐啊。你是我的人呀，你是平安无事了呀！"接着是三声轻柔的叹气。"啊！啊！啊！一块石头掉下地了呀！"

他，双臂仍然勾住她不放，却把头偎在她的肩头，好像他已精疲力尽了。"你还不知道呢，我心里一直多么紧张啊，"他喃喃地说道。"我知道我们这一回可逃不过了。我真是那么想的。再说，这本来可以是要——命的事啊——要命的事啊……"

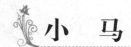

小 马

［英国］史·沃克

　　我原以为它是一只小老鼠，并不感到烦扰，住在这样的地方，遇见某种奇特的老鼠是不足为怪的。然而，的的确确，它常常在夜间嘶叫，不止一次地把我从梦中惊醒，我翻身下床，拉开窗帷，睡眼惺忪地向对面路旁的仓库眺望，我想嘶叫声是从仓库里传出来的。的的确确，它在仓库四周的木板后奔驰着，发出阵阵得得声响，酷似马蹄声，只不过是一种很小的马。可是，我对此没有过多去想，仍以为它是一种步态沉重的啮齿动物罢了。

　　我第一次看见它是某一个星期天的午茶时刻——这也是我最难受的时候。我关了电视机，避开那烦人的宗教节目，无所事事，因此常常感到苦恼烦躁。当时我正在往面包上涂黄油时，忽然听见一群马的奔驰与嘶鸣声。我定睛一看，哇！原来竟有一匹小马正从食品贮藏室门旁的油毡踏过。一匹极小的马！的确，一点也不大，和一只饥肠辘辘的小老鼠一样大小——瘦骨嶙峋，眼球突出。我全神贯注地观察着，静静地站在原地一动不动，一只手里拿着面包，一只手里拿着黄油勺子。的确，它是一匹马，一匹小马。

　　我必须承认，我本人变化不大，即使二十岁以后，仍然和孩童时期一样，依然故我。我曾以为自己会成为一个流行歌曲作曲家，也这样幻想过，可是我的歌曲作品全都落选，这使我的精神处于崩溃的边缘。我万念俱灰，似乎觉得根本没有什么工作对我是适合的。直到最近，我才算开始干这份工作。后来，我曾对一个一起共事的售货员谈起我那段辛酸的往事。

"别再想入非非了，"他冷嘲热讽地嘲弄说，"你现在在这里有一份不错的工作。放弃那种奢望吧，你甭想当个流行歌曲作曲家！"

他言外之意无非是：你和我一样，只不过是个凡夫俗子，我们这类人甭说成为什么流行歌曲作曲家，就连想也用不着想，想也是白日作梦，白搭。

当然，他说得在理，我接受了他的建议。可是现在我才意识到，从那以后，我似乎时时处处都在有意躲避那种对于一般人来说被认为是望尘莫及的事，决不越雷池半步；对于那些被认为是一般人高不可攀的人，当然也退避三舍，敬而远之。因此，当我面临遭受小马出没侵扰我的寓所的时候，竟手足无措，不知如何是好。我需要向人请教，可我交往的仅仅是一些普通人。我和一两个人也谈过了，可他们说："去你的吧，小伙子，哪会有那种事，别哄骗我们了。"后来，他们竟连续几天对我不理不睬。

我又对销售部的经理达克斯伯里先生讲了，他的反应也完全一样。然后他让我看他孙子最近拍摄的一些照片。

"不，绝不是瞎编胡诌，千真万确的，我不是开玩笑。"我说。

"噢，真的吗？小马？根本没有这类事，简直是无稽之谈。"

"可是，那是千真万确的，我亲眼看见过。"

"然而，为什么别人没看见，就你独具慧眼?!"

有一个曾在包装车间工作过不长时间的年轻人，有人说他是位画家，曾画油画等。那时我总是回避和他交谈，甚至在我急需核对商品库存量时，我也如此。我在一堆卡片中查找到他的住址，它距我住处很近——我当天就去拜访。

"请原谅，可以打扰吗？"

"什么事？请说。"

"你可能记得我，我们在霍利斯商店共事过。可否允许我拜访片刻?"

他领我进屋，屋里有两位裸体姑娘背靠背地坐在一个高台上，他正为她俩画像。室内笼罩着一片桔黄色灯光。我觉得窘极了。一个姑娘披上晨衣出去沏了一壶茶，另一个仍然坐在那里浑身上下搔起痒来。我滴水未进，不待我尴尬地急匆匆地把我的见闻说完，他即辛辣地嘲笑挖苦起来，而且让我赶快离开。在他推我出门时，两个姑娘朗朗地笑起来。

当我回到家中时，那匹小马正在喝我放在外面盘中的牛奶。我往手里倒了一点早餐谷类食品去喂它，而它却若有所思地站在那里，不敢走近。我看小马四肢收缩，低身蹲伏在那里，感到厌烦，无心侍候，于是我就走开去看电视了。

然而，我每次看见它总是试图吃我手中的食物。终于在两周后的一个午前时分，当时我心烦意乱，懒得去上班，它竟跑上我的手掌，不停地吃起来。能靠近看它，使我喜出望外，激动不已。由于我的喂养，它的体重增加了。多么可爱的小东西啊！然而，我也有自己的生活轨迹，我得沿着它去待人接物，而不能超越。我不能忍受它那神秘莫测的行踪和那离奇的存在，于是我决定杀害它，想投下毒饵，置它于死地。

这种邪念在脑海里刚一浮现，小马竟迅速地看了我一眼，前足腾空，后足一蹬，急速逃遁。我脱下一只鞋向它砸去，可我的瞄准本领也确实蹩脚，小马安然无恙地钻进那过去用作旧式冰箱插座的洞里，无影无踪了。

几天以后，我再次在夜间惊醒，我以为是梦魇，但已经几乎忘光，或者是那小马又来到我的卧房？我突然被它吓呆了，它竟然像是一个大蜘蛛。我把被单里里外外翻了个遍，察看了件件家具下面，检查了壁脚板周围的条条缝隙（不论是原有的还是新添的），但一无所获。我又打开窗帷，向路对面那闭锁的库房望去，我对它总是疑心重重。这一次在那与路面水平的地下室的肮脏的铁格子窗顶上或许能查出一些能揭开小马秘密的蛛丝马迹来。

我立刻穿好衣服，衣兜里装了一支手电筒，向仓库奔去。我站在铁格子窗下的正前方，可是铁格窗实在太脏太黑，透过它什么也看不见。

那里有一扇门，户枢外钉着铁皮，我只踢两脚就把门踹开了。打开手电筒向里走去，首先进了工头办公室，室内摆放着几个橱柜，一张桌子，等等。墙上挂着十二年前的一张破旧的挂历。

我听了听，对，屋内有老鼠一样的骚动声，这一定是我那匹小马居住的地方。我揣测在仓库某角落也许还会有一大群小马。我用手电筒照看，在灯光所及的地方什么也没发现。我沿着略有下沉的地板朝那间重要物品库房走去。一个高大的木制滑动门横在眼前，挡住去路。我找不到把手，不论怎么样使劲推拉晃动，怎么耐心地折腾，可它却纹丝不动。我狠狠地踢了一脚，但它既厚又结实，根本没有任何反应。

我还能有什么法儿呢？我束手无策，只好离开。可是，刚走了几步，竟然听见那扇滑动门在我身后打开，使我骤然惊跳起来。是我曾压到了它的开关而竟未发觉？还是那里有人……？

我打开手电筒，光束掠过宽大的顶棚，映现出那破旧的天窗和天空外支离破碎的夜色。

瞧，小马出现了！千真万确，是小马！而且相当多，和我寓所里那匹一模一样。还有，到处有人，小人，成千上万的小人，和小指般大小的小人，大多数赤身裸体，一些人头戴纸帽，手持用破碎玻璃做的长矛，好多人围在他们自己点燃的堆堆篝火周围。他们面对我的手电光，静静地站着，可是在我手电光照不到的地方，有些人却在奔跑。

我回到家中，躺在床上，灯光通明，我打算起身通宵达旦地大声诵读《圣经》。

鬼魂，少女和黄金

[英国] 艾·钱伯斯

在我最喜爱的鬼怪故事中，有一个诺克郡的古老传说。这个传说是这样的：

从前有个天不怕地不怕的年轻女仆——人既胆大，长得又十分俊俏。她服侍一位农庄主。一天晚上，农庄主和朋友们正喝着酒，发现啤酒喝完了。

"没关系，"农庄主说道，"我那丫头会去酒馆买几瓶来的。"

当晚是个漆黑之夜，无月无星，伸手不见五指。

"这么黑洞洞的晚上，那姑娘肯定不敢独自出门的。"农庄主的朋友们说。

"哪儿的话，"农庄主答道，"她什么也不怕，不管死的活的。"

女仆出了门去，带着酒回来。于是农庄主的朋友议论纷纷，都说这事可真稀罕，像她这么个姑娘竟如此大胆。

"这根本不算回事儿，"农庄主说，"告诉你们，不管白天黑夜里，没有她不敢去的地方，她什么也不怕，不管死的活的。"

当下他就以一个金基尼为赌注，说他的朋友中没人能找出一件那少女不敢去做的事来。

一位朋友应了这赌。于是大家约定下星期同一天再碰头，那时就要让这姑娘去完成一项任务。

这当间儿，打赌的那位朋友到教区牧师那儿借了教堂的钥匙。接着他又买通了年老的教堂司事。他许给司事半个金基尼，而司事为此得躲在教堂的积骨堂中的棺材和白骨堆里，等到那女仆到来时，好去吓唬她。

　　第二个星期，农庄主和他的朋友们像往常那样聚在一起了。

　　"这就是你那丫头不敢做的事儿，"那位和他打赌的朋友说，"她不敢半夜里独自走进教堂，从积骨堂里取回一块头盖骨来。"

　　农庄主唤来女仆，吩咐她去积骨堂取一块头盖骨回来。使那些朋友们吃惊的是那姑娘二话不说，转身便走了出去。

　　少女进了教堂，朝积骨堂走去，心里一丁点也不害怕。到了堂里，地从死尸和白骨堆中拣了一块头盖骨。

　　老教堂司事正躲在门后头等着呢，这时他沉着嗓子吼道："别动，那是我娘的头盖骨。"那吓不倒的姑娘放下那块头盖骨，又拾了另外一块。

　　"别动，那是我爹的头盖骨。"司事呻吟着说。

　　姑娘又放下手中的头盖骨，拣起另一块来，同时嘴里大声说，因为她已经耐不住性子了：

　　"不管爹也好，娘也好，姐姐也好，兄弟也好，横竖我得拿块头盖骨走。"

　　说着她带着那块头盖骨走了出去，又随手将停尸旁的门关上。

　　回到家里，她把头盖骨往桌上一放说：

　　"主人，头盖骨在这儿。"

　　"你难道没听到什么吗?"打赌的那位朋友问。少女答道：

　　"听到过。有个傻乎乎的鬼魂冲着我直嚷嚷，'别动，那是我爹的头盖骨，''别动，那是我娘的头盖骨，'而我直截了当地告诉它，不管是爹也好娘也好，还是兄弟姐妹也好，我一定要拿一块头盖骨就是了，于是我拿了一块，就是这块，我走开的时候锁上了门，这当儿我听见鬼魂在里头叫唤得跟杀猪似的。"

　　听到这里，打赌的那位朋友一跃而起；像颗出膛的子弹似地跑了出去。他知道叫喊的是谁。不出所料，他打开积骨堂的门，就看见那老司事已经连惊带吓倒在地上昏死过去了。

农在主赢来了那枚金基尼，把它给了那大胆的少女，以奖赏她的勇气。

这之后不久，南边的萨福克郡有位绅士的老母亲去世了，并且已经下葬。但老太太却不愿意静静地长眠。它不断在老家进进出出，三餐用饭时到得更勤。有时她全身显现，有时也只露出一部分来，有时人们只能看见刀叉从餐桌上升起，按照她双手所应在的范围在空中飞动，这种情景使得仆人们困扰不安，以致他们纷纷辞了工；剩下那绅士形只影单，不知如何是好。

有一天这绅士听人说起在相隔几个村子的诺福克郡有这么个天不怕地不怕的姑娘。于是他赶着马车到了那里，将他母亲以及鬼魂的事情原原本本述说了一番。问那女孩是否愿意为他做工。

少女回答说，鬼魂对她简直不算回事儿，她根本不把它们放在心上。不过在这种情况下，她觉得这一点应该在她的工钱上有所考虑，绅士对此只有高兴的份儿，忙不迭地答应，用优厚的工钱雇了她，于是姑娘便同他一道坐马车回了绅士的家。

那姑娘所做的头一件事，就是在用餐时总给鬼魂安排一个座位；但她十分注意不把刀叉放在桌上——因为这是为魂灵们所特别忌讳的。用餐时她总将蔬菜端给那鬼魂，还替鬼魂做各种事情，就当鬼魂根本不是什么鬼魂，而是绅士的活生生的会呼吸的母亲。

"胡椒粉，太太，"说着她就递上胡椒瓶，或者"盐，太太，"当她递盐碟子时又这样说。

这种做法果然使鬼魂十分高兴。但事情就这么下去，没有什么变化，直到有一天绅士有事去了伦敦。

绅士走后第二天，那大胆的姑娘正跪着擦洗客厅的壁炉架，这时她瞥见一个单薄的身影从只开着一条门缝的门里挤了进来，这身影进了房间，原来正是老太太的鬼魂。

"玛丽，你怕我吗?"鬼魂问道。

"不怕，太太，"姑娘说："你是死的，而我是活的，我没有必要怕你。"

这话使得鬼魂惶惶不安了一阵子。但它又说：

"玛丽，你跟我到地窖里去，不要带灯，我会发光，使你看得见路。"

于是她们便往下走，顺着通地窖的阶梯下，老幽灵浑身像灯笼似地闪闪发光。下到了地窖里，鬼魂指着地面上几块松动的砖说：

"把这几块砖挖起来，玛丽。"

姑娘照吩咐做了，于是发现砖下面有两袋金子，一袋大，一袋小。

"听着，玛丽，"鬼魂说，"大袋的金子是给你的主人的，小袋的给你，你是个无所畏惧的姑娘，应该得到这赏赐。"

说完，鬼魂消失了，它所发出的光也随之熄灭。女孩只好在黑暗中摸索着回到地面。

三天后，绅士回来了。

"我不在这几天你见到过我母亲的鬼魂吗？玛丽？"他问。

"是的，先生，"姑娘答道，"我见过来着，你要是不怕和我一同到地窖里去的话，我会带你去看样东西。"

绅士笑了，说如果她不怕，那么他也不怕的——要知道那大胆的姑娘还是个十分漂亮的少女呢！

于是他们点燃一支蜡烛，走了下去。姑娘搬开了那些砖。

"这儿有两袋金子，主人，小的一袋是给你的，大的一袋是给我的。"

"上帝啊！"绅士叫道。心想她母亲本该留给自己的儿子那大袋的金子的——但他还是拿了那袋小的。

从那以后，每逢摆设餐桌，姑娘总是把刀叉交放着，这样便防止鬼魂把自己所干的事泄露出来。

然而，绅士心中把一切都想清楚了。过了不久，他便娶了那大胆的少女，就这样，两袋金子终究还是都到了他手里。每当他喝醉了酒，便打那姑娘，而他又常常喝醉。唉，这或许是她应得的惩罚，谁让她蒙骗了那老鬼魂呢？

大公无私的判决

[英国] 帕克

　　史密尔纳的一个食品商店老板的儿子，年轻时学得了那么一点知识，被认为有学问的人，给指定在法官代表办公室工作。他的主要任务是，检查市场上零售的商品是否足秤和有无短斤少两的情况。

　　有一天，他要出去执行任务了，他要用官方的标准衡器来检查他父亲店里的秤具。那些左邻右舍，对他父亲做生意的手法都是一清二楚的，都劝他谨慎点，不要再使用假秤了，要把经得起严格检查的秤摆出来。这个食品店老板却一笑置之。他认为：儿子到底是儿子，永远不会在公众面前揭露父亲、羞辱父亲的。他满不在乎地站在店门前，等候检查员的到来。而这位作为检查员的儿子呢？早就怀疑他父亲的不法行为了，他打定主意不包庇自己父亲。但是首先得查出父亲的违法行为，然后方能公开惩办他。他骑着马来到商店门前，对父亲说："把你的秤具拿出来吧，我们也许要验一验哩。"老板并不照办，却嬉皮笑脸来打岔。不过很快他就看出，他的儿子是极其认真的。因为他听到儿子命令他的随员去搜查他的店铺，查看那些进行欺诈的秤具。经过一番最严格的检查以后，这些秤具被宣告没收，并当场砸得粉碎。这太意外了，惊皇失措的老板木然地站着。他认为自己已经遭受了公开的羞辱了，该可以恳求儿子免除处罚了吧，谁料他这次又搞错了，检查员宣布的处罚，完全不把他这个父亲当作一回事，恰恰相反，把他的犯罪行为当作陌生人似地处理。

他必须缴纳五十皮阿斯特（埃及的辅币单位）罚款，还要在他的脚底打若干板子（一种刑罚），而且立即执行。

这之后，检查员从他的马上跳下来，一下子扑倒在他父亲的脚下，这样对他说："爸爸，我对我的老天爷、我的国王，我的国家和我的工作单位，已经忠于职守了。现在，用我对你的敬意和谦逊态度，请求允许我，付清我对一个父亲的欠债；法官是不由自主的，这是老天爷在人间的权力作用，它不考虑是父亲，也不考虑是儿子的。老天爷的权利、我们街坊邻里的权利，都是高于情面关系的。你触犯了公正的法律，你就应该得到这样的处罚；从你那方面来说，最后你会服气的。我很抱歉，你从我这儿受到处罚，是你命中注定了的。另外，我的良心也不能阻止我那样做。这是为了你将来表现得好一些，请不要责怪我吧，你该可怜我才是，因为我曾经被迫陷入如此不近人情的处境。"他说完以后，又上马了，全城人都为了这种不寻常的、大公无私的行为而欢呼喝彩。他，在喝彩声中继续做他的工作。当然，上级也没有少给他酬报。苏丹王很快就接到关于这事件的报告了，便把他提升到法官的职位。往后，他位至伊斯兰教法典说明官。虽然他生活在高官厚禄之中，他仍然是法律的监护人，他仍然忠实于自己的祖国。

魔　盒

［英国］大·洛契弗特

　　在一抹缠绵而又朦胧的夕照的映衬下，我那周高耸着的伦敦城的房顶和烟囱，似乎就像监狱围墙上的雉堞。从我三楼的窗户鸟瞰，景色并不令人怡然自得——庭院满目萧条，死气沉沉的秃树刺破了暮色。远处，有口钟正在铮铮报时。

　　这每一下钟声仿佛都在提醒我：我是初次远离家乡。这是 1953 年，我刚从爱尔兰的克尔克兰来伦敦寻找运气。眼下，一阵乡愁流遍了我全身——这是一种被重负压得喘不过气来的伤心的感觉。

　　我倒在床上，注视着我的手提箱。"也许我是收拾一下吧。"我自语道。说不定正是这样整理一番，便能在这陌生的环境中创造一种安宁感和孜孜以求的自在感呢。我把主意打定了。那时我甚至没有心思去费神脱下那天下午穿着的上衣。我伤感地坐着。凝视着窗口——这是我一生中最沮丧的时刻。接着突然响起了敲门声。

　　来人是女房东贝格斯太太。刚才她带我上楼看房时，我们只是匆匆见过一面。她身材纤细，银丝满头——我开门时她举目望了望我，又冲没有灯光的房间扫了一眼。

　　"就坐在这样一片漆黑中，是吗？"我这才想起，我居然懒得开灯。"瞧，还套着那件沉甸甸的外衣！"她带着母亲般的慈爱拉了拉我的衣袖，一边嗔怪着，"你就下楼来喝杯热茶吧。噢，我看你是喜欢喝茶的。"贝格斯太太的客厅活像狄更斯笔下的某一场面。墙上贴满了褪色的英格兰风景画和昏暗的家庭成员的肖像照片。屋子里挤满了又大又讲究的家具，在这重重包围中，贝格斯太太简直就像一个银发天使似的。

"我一直在倾听着你……"她一边准备茶具一边说，"可是听不到一丝动静。你进屋时我注意到了你手提箱上的标签。我这一辈子都在接待旅客。我看得出你的心境不佳。"

当我坐下和这位旅客的贴心人交谈时，我的忧郁感渐渐被她那不断地殷勤献上的热茶所驱散了。我思忖：在我以前，有多少惶惑不安的陌生人，就坐在这个拥挤的客厅里面对面地听过她的教诲啊！

随后，我告诉贝格斯太太我必须告辞了。然而她却坚持临走前给我看一样东西。她在桌上放了一只模样破旧的纸板盒——有鞋盒一半那么大小，显然十分"年迈"了，还用磨损的麻绳捆着。"这就是我最宝贵的财产了，"她一边向我解释，一边几乎是带有敬意地抚摸着盒子，"对我来说，它比皇冠上的钻石更为宝贵。真的！"

我估计，这破盒里也许装有什么珍贵的纪念品。是的，连我自己的手提箱里也藏有几件小玩意——它们是感情上的无价之宝。

"这盒子是我亲爱的母亲赠与我的，""她告诉我，"那是在 1912 年的某个早上，那天我第一次离家。妈妈嘱咐我要永远珍惜它——对我来说，它比什么都珍贵。"

1912 年！那是四十年前——这比我的年龄的两倍还长！那个时代的事件倏地掠过我的脑海：冰海沉船"巨人号"、南极探险的苏格兰人、依稀可辨的第一次大战的炮声……

"这盒子已经历过两次世界大战了。"贝格斯太太继续说，"1917 年凯撒的空袭，后来希特勒的轰炸……我都把它随身带到防空洞里。房屋损失了我并不在乎——我就怕失去这盒子。"

我感到十分好奇，而贝格斯太太却显得津津乐道。

"此外，"她说，"我从来没有揭开过盖子。"她的目光越过镜片好笑地打量着我："您能猜出里头有什么吗？"

我困惑地摇了摇头。无疑，她最珍惜的财产当然是非凡之物。她忙着又给我倒了点热气腾腾的茶，接着端坐在安乐椅上，默默地注视着我——似乎在思索着如何选词来表达自己的意思。

然而，她的回答却简单得令人吃惊——"什么也没有，"她说，"这里头空空如也，什么也没有！"

一个空盒！天哪，究竟为啥将这么一个玩意当作宝贝珍藏，而且珍藏达四十年之久呢？我隐隐约约地怀疑起来，这位仁慈的老太太是否稍稍有点性格古怪？

"一定感到奇怪，是吧？"贝格斯太太说，"这么多年来我一直珍藏着这么一个似乎是无用的东西。不错，这里头的确是空的。"

这当儿我朗声大笑起来——我不想再将此事刨根问底地追问个水落石出。

"没错，是空的。"她认真地说。"四十年前，我妈将这盒子合上捆紧——同时也将世上最甜蜜的地方——家的声响、家的气味和家的场景统统关在里头了。自此以后，我一直没将盒子打开过。我觉得这里头仍然充满了这些无价之宝。"

这是一只装满了天伦之乐的盒子！和所有纪念品比较，它无疑既独特又不朽——相片早已褪色，鲜花也早已化作尘土，只有家，却依然如自己的手指那么亲近！

贝格斯太太现在不再盯着我了，她注视着这陈旧的纸盒，指头轻抚盒盖，陷入沉思之中。

又过了一会儿——还是在那晚，我又一次眺望着伦敦城。灯火在神奇地闪烁着，这地方似乎变得亲切得多了。我心中的忧郁大多已经消失。我苦笑着想道：这是被贝格斯太太那滚烫的茶冲跑的。此外，我心中又腾起一个更深刻的思想——我明白了，每个人离家时总会留下一点属于他的风味；同时，就像贝格斯太太那样，永远随身带着一点老家的气息，这也是完全办得到的。

韩米顿的烦恼

[英国] 拉·鲍威尔

每逢探监日，我便恶心。我希望媚黛待在家里，但知道她将会一如往昔，按时前来，而后隔着纱屏，勇敢地摆出笑容，唱着那句老调："亲爱的，他们待你还好？"

哎，这是监狱，她以为他们会怎样待我？像白金汉宫的贵宾吗？我落得今天这个下场，都怪她不好。自然，我自己的一时糊涂，也不能说与此无关，不过，追根究底，真正负责的，还是她。

她每次探监，总是坐在那里，装模作样的。她一生也是那样。我初遇她时，她才初入社会，便在报纸上引起过一番骚动。几年后，她以一个富家女的身份，不顾家庭的反对，选择了爱情，嫁给一个不名一文的马球员——因而风头十足。

如今，在她丈夫倒霉，受诽谤和入狱的当儿，她又装作一个敢于面对现实的妻子，故意显示她的坚贞。

她的亲朋无不说我是为了她的财富才娶她的。其实，我没有这种想法。

婚后第二年，她的表妹嘉娣在我家小住。嘉娣长得也实在不错，而且较媚黛热情。她在短短的六个星期中，和我处得非常融洽。媚黛从未起过疑心。在她心目中，以为我已有一个年轻富有和美丽可爱的妻子，只有糊涂虫方会另怀野心。好！偏偏我就是糊涂虫。

嘉娣表妹像霞光一闪，照耀了我阴暗的生命的一角。她离去后，我又回到活受罪的日子中——每周和她那些高不可攀的家人共餐一次；又无休止地参加那些高不可攀的朋友们的宴会，他（她）们全家把我当作敌谍看待。

有一天下午，我和罗登玩完手球，从球场出来，撞在一个彪形大汉身上。"韩米顿先生，我想和你谈谈。"他低声说，同时将一张肮脏的名片塞到我手里。

我与他素不相识，想不起有什么可谈的。我望望名片，上面写着：职业摄影师比得士。地址是市郊一个很窝囊的地区。比得士不断地左右顾盼，唯恐随时会有人对他偷袭似的。"此地不便说话，回头和我联络，约定个会面的地方。"

我不想拍照，所以把他忘得一干二净，可是，他可没有忘记我。第三天晚上，他打电话来了。"你没有和我联络，"他语气中略带责备口吻。"我这里有一张照片，韩先生，你一定会发生兴趣的。"

"什么照片？"

"我不是在电话里谈生意的，一小时后到 45 街的胡克酒吧会面好了。"

我开始忐忑不安，悄悄地拨个电话给一个报馆的朋友。"你听到过一个名叫比得士的摄影师吗？"

"缩骨比得士吗？你在哪里碰上这种人的？他常在一些下等夜总会里混饭食，警方认为他是靠勒索人过活的人。"

我觉得衣领忽地缩紧起来："警察为何那样想？"

"噢，他们有他们的理由，但他们还没有抓着他的把柄。举个例子来说，他在夜总会里拣上些不愿意让床头人知道夜生活情形的冤大头偷拍些他（她）们不愿公开的照片，拿来向她（他）兜售。老友，你出了麻烦吗？"

"不，不是我，"我有气无力地说。"是一个朋友。"

那张照片是比得士在夜总会停车场中偷拍的，我认得我的车子，我没有吻嘉娣。嘉娣倒亲了我一下，她的热情当时令我飘飘若仙，如今想来，还有点热辣辣的。

"你要多少代价？"

比得士呷了一大口啤酒，然后现出他两天前的那种鬼鬼祟祟的态度，咧嘴而笑。"底片的价钱是一万元。"

我打了个寒噤："我还以为你是做小生意的呢。"

"那要看和谁打交道了，我是望风帆的。"他仍然笑容满面，"别想告诉我这张照片没有什么。尊夫人看了，她会怎么想？"

"很可惜，就算你将蒙娜丽莎卖给我，我也没有一万元给你。别看我一副财神相，其实我是个穷光蛋。"

"随你喜欢，我把照片拿给尊夫人，也不难，"比得士提醒我，"你休想杀我的价钱，你的车子有游艇那么长，你的朋友是罗登之类的银行家，还装什么穷！"

"说罗登是我的朋友，倒不如说是我太太的朋友，我太太才有钱。我父亲多年前就已破产，他留给我的是一屁股的烂债。"我很不愿意将我的家世告诉比得士，但我此时实在无计可施。"我连身上这套行头，都是媚黛付的钱，但她每给我一个子儿，便追问清楚我是怎样花的。我若向她要这么大的一笔钱，又不能找个好借口，那是休想。"

比得士咧嘴一笑。"好吧，这有点出我意外，我还以为你和尊夫人一样阔气。这样吧，五千好了——一个子儿不能少。明晚付款，否则，我便和尊夫人打交道了。"

第二天早晨，我将银行的存款悉数提出，才三千多元。比得士肯不肯先行收下，很难说。罗登是我唯一可以求援的人，于是我向他借了两千元，并求他千万保密。

我循着名片上的地址来到一幢龌龊的公寓。门上贴着一张同样肮脏的名片。这家伙显然是个吝啬鬼。我去敲门，无人答应。走廊的另一端出来一位染红发的女人。"比得士日夜外勤，在家的时间很少。"她嫣然一笑，"你可以到我这里来等他，我的咖啡是有名的。"

比得士回到了公寓。他的房间至少有一个月未曾打扫。一张破旧的沙发，旁边一张桌子，上面堆着一叠邮寄照片用的棕色信封。他从中捡出一封，丢过来给我。我将信封打开，检查一下，里面是那张底片和一张十英寸的照片。于是，我将钞票交给他，他又笑了。"你很喜欢你的工作，是不是?"我说。"遇到像阁下这种人的时候，是的，"他越来越开心，"欢迎下次惠顾。"他似乎言外有意。

第二天，媚黛从街上购物归来，无意中将钱袋掉在地上，口红和钥匙等物散落满地——还有那脏兮兮的名片，上面印着"比得士"三个字。"这张名片你从哪里得来的。"我问她。

"一个男人递给我的。他说要和我谈谈，但我没理他，看他那副德性，我才懒得和他打交道。"

我顿时恍然大悟，比得士将那张照片多印一张"副本"或底片，拿了我的钱，便转过头来动媚黛的脑筋。

我再回到他的公寓时，他一见我便露惊讶之色，但仍强自镇定。等我将手枪掏出来时，他才开始紧张起来。

"想将你的钱拿回去吗?"

"别耍把戏了，比得士先生。"

"另外那张照片，你是说尊夫人告诉了你? 哟，我真想不到。"

"快拿来——那张照片和底片，别再奸笑了!"

他将一个信封丢过来。我俯身去捡时，他一跃而起，用他的双臂紧紧将我钳住。"居然敢到太岁头上动土! 快将枪丢掉!"

他强壮如牛，我双臂无法施展，肋骨剧痛，我一挣扎，便撞到沙发里，我们一起跌倒，手枪砰然一响。他当场死了，我将信封拾起，狂奔而出，在走廊中和那位红发女郎撞了个满怀。后来在警察面前指证我的便是她。媚黛以高价延聘的一大群名律师也无法从牢中将我解救出去……

媚黛隔着纱屏笑道："他们待你可好?"

"好极了。"往事在脑海中再度降升，我又想起当我打开那第二只信封，看到那张照片的感觉。照片上的一对男女竟然不是嘉娣和我——却是媚黛和罗登。

"你可以宽恕我吗，亲爱的?"她恳求着，她的眼睛湿润了。"当我知道你冒着生命危险，全是为了使我不受那卑劣的家伙的勒索，结果落得这个下场时，我是多么难过啊!"

三十万法郎

[法国] 都德

  难道说，你不曾有过一次，兴冲冲的跑出家门，在巴黎转了两个钟头后，回去时坐在火车上，却是满腹惆怅，感到一股不明不白的忧愁，一种莫名其妙的不适在啃啮着你的心？你自思忖："我这是怎么啦？……"可是你在寻找原因，你找不到。你一路上都是很愉快的，人行道干干净净，阳光明媚，可是你仍感到心头有几分伤感、焦虑的，一种深愁重忧的感觉。

  这是因为，在偌大的巴黎，尽管人们觉得自己自由自在，不受监视，其实每走一步，都会碰到让你伤心、悲痛的事，这种事时时都会像雨天马车从你身边驶过似的，溅你一身泥水，给你留下点点污迹。我这里说的，并不只是尽人皆知都感兴趣的那些不幸事件，亦不是朋友的那份悲伤，那多少也是我们的悲伤，它冷不防地袭来，会使我们心情沉重，如同背上了内疚这份包袱；也不是那种与我们无关的忧伤事，那种忧伤事是道听途说来的，只是不知不觉地使你伤心。我说的是完全陌生的痛苦，是只能在匆匆奔跑中，在街上熙来攘往的人群中，转瞬之中瞥见的痛苦。

  这是在颠簸的马车上断断续续的话语，是独自一人，大声自言自语的盲目的操心，是软弱的肩膀，疯狂的动作，热烈的眼睛，淌着眼泪的苍白面孔。新近丧事的悲伤尚未完全从黑面纱上褪去。接着，是一些无足轻重、不为人所注意的细节！一条刷得起毛，洗得发白的衣领，总是退缩到不打眼的地方，一个发不出音的八音琴被扔在门厅旮旯里，一条丝绒围巾，系在驼背人的脖颈上，一高一低的肩膀之间，是结得端端正正的结子。这些陌生的痛苦总是从你身旁匆匆经过，你往前走，很快将它们忘记。可是你还是感觉到它们的悲哀在你身上擦过的痕迹，你的衣服上还浸透了它们带来的烦闷。到了一天结束的时候，你觉得你身上悲伤的、痛苦的东西全都在蠢蠢而动，因为你不知不觉之中，已经把那根看不见的线，串着所有不幸，并把它们一同摇上摇下的线挂在街角、门边了。

有一天早上，我想到了这事。因为巴黎尤其在早上显露出它的悲惨。我看见前面，有一个可怜的家伙在行走。那人骨瘦如柴，穿一件又窄又短的大衣，露出两条瘦瘦的长腿，步幅因此显得太大，极不协调。只见他搂着身子，像被大风刮弯的树，快步往前走。一只手不时地伸进屁股上的裤口袋，捏一小块面包，偷偷地塞进嘴里吞掉，好像是在街上吃东西，很难为情似的。

那些泥瓦工坐在人行道上，津津有味地吃着新鲜的大圆面包。我看见他们，顿时也来了胃口。那些小公务员也让我羡慕，他们从面包房出来，跑回办公室，耳朵上插着羽毛笔，嘴里塞得满满的，大家都为这露天的午餐而分外快乐。可是，此时这位先生肚子真正饿了，却为进食而羞耻，看着他把面包塞在口袋里，偷偷摸摸小撮小撮地吃着，真叫人觉得可怜。

我跟着他走了好一阵，突然，他猛一下掉转身子，改变前进的方向，好像也改变了主意，面对面地朝我走来。

"哟！是你呀……"

纯粹因为偶然，我跟他有过一面之交。他是一个大忙人。这样的人巴黎的街石缝里长出了成千上万个。他是发明家，又是一家荒唐小报的创办人。有一阵子，他围绕报纸制造了许多印刷的广告和传言。三个月前，他投机失败，报纸于是也销声匿迹。有关他破产的说法，纷纷扬扬地流传了几天之后，也复归平静，再也无人提起他。见到我，他略显慌张，大概，为了堵住我的问题，或许也为了转移我的视线，不让我注意他的寒酸样子和他可怜的面包。他装出快活的语气，马上开了口……他的生意很顺利，兴旺发达……只不过暂停了一段时间。眼下，他正在筹备一桩大事业……一家工业方面的大画报……有大量资金，广告合同订了不少！……说话时，他的面部神采奕奕，表情生动，腰也挺直了。慢慢地，他打起了老板的腔调，仿佛这是在他的编辑部似的，甚至他还要我给他供稿。

"你知道，"他得意地说，"这是靠得住的生意……吉拉丹答应给三十万法郎开办费！"

吉拉丹！

确实是那些想入非非的家伙成天挂在嘴上的名字。别人在我面前一提起这个名字，我就似乎看见崭新的街区在地图上出现。看见万丈高楼拔地而起，看见成摞的新报纸，散发着油墨的清香，上面印着股东和经理的名单。有好多次，一提到什么新计划，我就听人说："得找吉拉丹谈谈！……"

唉，这个可怜的家伙，竟也想到去找吉拉丹。他一定通宵不眠，准备计划，标出数字，然后，他出了门，一边走，一边乐滋滋地遐想。事情变得如此美好，叫他怎能不激动哩。我们相遇的时刻，他一定觉得，吉拉丹不可能拒绝他的要求。可怜的家伙说人家答应给他三十万。他并没有撒谎。他是正在做着那黄粱美梦。

他跟我说话的当儿，我们不断与行人相撞，只得退到墙边。这是巴黎最热闹繁华的街道，一头是银行，另一头是交易所。人行道上人流拥挤，都是匆匆忙忙的人，他们默不作声，只想着自己的生意。那些慌慌张张的小店主，跑过来跑过去，去兑现自己的期票，那些小钱庄老板，低着头，一边走，一边记着数字。在这忙碌的人流之中，在这繁忙的投机家们的街区，听见有人谈论这样美好的计划，真像听见一则海难的消息，浑身打起了哆嗦。这个人对我说的一切，我都听明白了。他在别的面孔上造成的灾难，给别的迷茫的眼睛里带来的希望，我也都看到了。他突的一下离开了我，投入了那汹涌的，充斥着疯狂、梦想和谎言的漩涡。他们那帮人美其名曰"生意"。

过了几分钟，我就把他忘记了。晚上，回到家，当我把街上的灰尘拍打干净，也排遣一天的忧愁时，我的眼前又浮现出他那烦恼、苍白的面孔，那可怜的面包，那强调那些大话的手势："吉拉丹答应给我三十万法郎……！"

"诺曼底"号遇难记

[法国] 雨果

1870 年 3 月 17 日夜晚，哈尔威船长照例走着从南安普敦到格恩西岛这条航线。大海上夜色正浓，薄雾弥漫。船长站在舰桥上，小心翼翼地驾驶着他的"诺曼底"号。乘客们都进入了梦乡。

"诺曼底"号是一艘大轮船，在英伦海峡也许可以算是最漂亮的邮船之一了。它装货容量 600 吨，船体长 220 尺。海员们都说它很"年轻"，因为它才 7 岁，是 1863 年造的。

雾越来越浓了，轮船驶出南安普敦河后，来到茫茫大海。这里相距埃居伊山脉估计有 15 海里。轮船缓缓行驶着。这时大约凌晨。

周围一片漆黑，船桅的梢尖勉强可辨。

像这类英国船，晚上出航是没有什么可怕的。

突然，沉沉夜雾中冒出一枚黑点，它好似一个幽灵又仿佛像一座山峰。只见一个阴森森的往前翘起的船头，穿破黑暗，在一簇浪花中飞驶过来。那是"玛丽"号，一艘装有螺旋桨推进器的大轮船，船上载着 500 吨小麦，行驶速度非常快，负载又特别大，它笔直地朝着"诺曼底"号逼了过来。

眼看就要撞船，已经没有任何办法避开了。一瞬间，人们眼中似乎耸起许许多多船只的幻影，人们还没来得及一一看清，全速前进的"玛丽"号向"诺曼底"号的侧舷撞过去，在"诺曼底"船身上剖开一个大窟窿。

由于这一猛撞，"玛丽"号自己也受了伤，终于停了下来。

"诺曼底"号上有 28 名船员，1 名女服务员，30 名乘客，其中 12 名是妇女。

震荡可怕极了。一刹间，男人、女人、小孩、所有的人都涌到甲板上，人们半裸着身子，奔跑着，尖叫着，哭泣着，惊恐万状，一片混乱。海水哗哗往里灌，汹涌湍急，势不可挡。轮机火炉被海浪呛得呼呼地直喘着粗气。

船上没有封舱用的防漏隔墙，救生圈也不够。

哈尔威船长站在指挥台上，大声吼喝："全体安静，注意听命令！把救生艇放下去。妇女先走，其他乘客跟上，船员断后。必须把这 60 人救出去。"

实际上一共有 61 人，但是他把自己给忘了。

船员赶紧解开救生艇的绳索。大家一窝蜂拥了上去，这你推我揉的势头，险些儿把小艇都弄翻了。奥克勒福大副和三名工头拼命想维持秩序，但整个人群因为猝然而至的变故简直都像疯了似的，乱得不可开交。几秒钟前大家还在酣睡，蓦地，而且，立时立刻，就要丧命，这怎么能不叫人失魂落魄！

就在这时，船长威严的声音压倒了一切呼号和嘈杂，黑暗中人们听到这一段简短有力的对话："洛克机械师在哪儿？""船长叫我吗？""炉子怎么样了？""海水淹了。""火呢？""灭了。""机器怎样？""停了。"

船长喊了一声：

"奥克勒福大副？"

大副回答：

"到！"

船长问道：

"还有多少分钟？"

"20 分钟。"

"够了，"船长说，"让每个人都下到小艇上去。奥克勒福大副，你的手枪在吗?"

"在,船长。"

"哪个男人胆敢在女人前面,你就开枪打死他。"

大家立时不出声了。没有一个违抗他的意志,人们感到有一个伟大的灵魂出现在他们的上空。

"玛丽"号也放下救生艇,赶来搭救由于它肇祸而遇难的人员。

救援工作进行得井然有序,几乎没有发生什么争执或殴斗。事情总是这样,哪里有可卑的利己主义,哪里也会有悲壮的舍己救人。

哈尔威巍然屹立在他的船长岗位上,指挥着,主宰着,领导着大家。他把每件事和每个人都考虑到了,面对惊慌失措的众人,他镇定自若,仿佛他不是给人而是在给灾难下达命令,就连失事的船舶似乎也听从他的调遣。

过了一会儿,他喊道:

"把克莱芒救出去!"

克莱芒是见习水手,还不过是个孩子。

轮船在深深的海水中慢慢下沉。

人们尽力加快速度划着小艇在"诺曼底"号和"玛丽"号之间来回穿梭。

"快干!"船长又叫道。

20分钟到了,轮船沉没了。

船头先下去。须臾,海水把船尾也浸没了。

哈尔威船长,他屹立在舰桥上,一个手势也没有做,一句话也没有说,犹如铁铸,纹丝不动,随着轮船一起沉入了深渊。人们透过阴惨惨的薄雾,凝视着这尊黑色的雕像徐徐沉进大海。

哈尔威船长的生命就这样结束了。

在英伦海峡上,没有任何一个海员能与他相提并论。

他一生都要求自己忠于职守。履行做人之道。面对死亡,他又运用了成为一名英雄的权利。

出乎意料的结局

[法国] 阿尔贝·阿科芒

他们结婚已经二十九年多了，显得很幸福。他们都学会了在生活中彼此做一些必要的让步，并且两人的性格都很腼腆。男的是里昂小说家吕西安·里歇，一直保持着有限的知名度。但对他来说，这已经足够了。如果想沾点"畅销作家"的光采，他就得在各种仪式上抛头露面。对于这些，他总是一概谢绝。朋友们爱说他过分谦虚，究其实，是缺少勇气。

对他来说，回家的第一件事是拥抱一下妻子。亲亲她的前额，说一句几乎总是一成不变的话："亲爱的，我希望我不在家时你没有过于烦闷，是吧？……"

得到的差不多总是同样的回答："没有。家里有这么多事情要做呐。但看到你回来，我还是很高兴的……"

太太负责在打字机上打印丈夫定期在＜里昂晚报＞上发表的短篇小说。然后把稿纸誊清，封装好，寄出去。这份微末的工作足以使她想到自己是丈夫的一个合作者。

咳！她万万没有想到，一出悲剧正在威胁着她。

怎么像吕西安·里歇这样一个年届五十的家伙，会让一个刚刚离婚的女人弄得昏头昏脑？然而这件事居然发生了。她叫奥尔嘉·巴列丝卡，人长得漂亮，有着一般女光棍的寡廉鲜耻的劲头，把小说家降服了。有一天，就像跟他要一件新奇首饰一样，她要求跟他结婚。

他必须先离婚。"唔，这件事应该容易办到。结婚二十九年。大概妻子不再爱我了，分开可能不会痛苦。"想法不错。可是一个性格腼腆的丈夫该怎样摊牌呢？

小说家想出了一个新鲜法子。他编了一个故事，把自己与太太的现实处境转托成两个虚构人物的历史。为了能被妻子领悟，他还着意引用了他们夫妻间以往生活中若干特有的细节。在故事结尾，他让那对夫妻离了婚，并特意说明，既然妻子对丈夫已经没有了爱情，就一滴眼泪也没有流地走开了，以后隐居南方的森林小屋，有足够的收入，悠闲自得地消磨幸福的时光……

他把这份手稿交给里歇太太打印时，心里不免有些不安。晚上回到家里时，心里嘀咕妻子会怎样接待他。"亲爱的，我希望我不在家时你没有过于烦闷，是吧？"话里带着几分犹豫。

她却像平常一样安详："没有。家里有这么多事情要做呐。但看到你回来，我还是很高兴的……"

难道她没有看懂？吕西安猜测，兴许她把打印的事安排到了明天。然而，一询问，故事已经打印好，并经仔细校对后寄往《里昂晚报》编辑部了。

她为什么不吭声？她的沉默不可理解！"显然，她是个性格内向的人。可是她该看得懂的……"

故事在报上发表后，吕西安·里歇才算打开了闷葫芦。原来，妻子把故事的结局改了：既然丈夫提出了这个要求，夫妻俩还是离了婚。可是，那位在结婚二十九年之后依然保持着自己纯真的爱情的妻子，却在前往南方的森林小屋途中抑郁而死了。

这就是回答！

吕西安·里歇震惊了，忏悔了。当天就和那个不知底细的女人来了个一刀两断。但是，如同妻子不向他说明曾经同他进行过一次未经相商的合作一样，他永远没有向她承认自己看过她的新结局。

"亲爱的，我希望我不在家时你没有过于烦闷，是吧？"他回到家里时问道，不过比往常更加温柔。

"没有。家里有这么多事情要做呐。但看到你回来，我还是很高兴的。"妻子一面回答，一面向他伸出手臂。

狗

[法国] 科勒特

中士休假回到巴黎，发现他的夫人不在家。不过他还是受到了因惊喜而声音颤抖的欢迎，受到了拥抱和湿润的亲吻——那是他留给自己年轻的心上人的牧羊犬沃莱斯，它像一团火似地绕着他打转，激动得脸苍白，用舌头舔着他。同时，女佣人也弄出与狗一样多的声响来，唠叨个没完："真不凑巧！夫人才去玛洛特两天，去那儿锁她的房子去了。夫人的房客刚离开，她是去盘点家具的。还好，离这儿不远！先生是不是给夫人拍个电报？如果电报马上发出，夫人明天午饭前就能赶回来。请先生一定睡在这儿吧！我去把浴室里的热水龙头打开好不好？"

"我的好露西，我在基地洗过澡了。士兵休假都喜欢好好洗个澡！"

他看着镜子里的身影；他的肤色就像布列塔尼的花岗岩，红里透青。那条布里阿特的牧羊犬，肃静地蹲在他的身边，浑身的毛都在颤抖。他笑了起来，因为那条粗毛蓬松的灰蓝色牧羊犬看上去，与他十分相像。

"沃莱斯！"

它抬头亲昵地望着主人。中士突然想起了他的夫人珍妮来。她多么年轻，多么轻佻——实在太年轻，太轻佻了。中士的心中不由得思绪万端。

晚餐时，牧羊犬忠实地遵循他们以往生活中的一切习惯，接住主人扔给它的面包片，对他讲的一些话汪汪地吠着。它如此执著地热烈崇拜它的主人，主人一回家，与主人分离几个月来的思念就顿时消失了。

"我多么想念你啊，"他低声对它说。"是的，你也想念我！"

他半躺在长沙发上，吸着烟。狗假装打瞌睡，耳朵一动不动地竖着，像一只蹲在墓碑上的灵猫。但是只要有轻微的响动，它的眉毛便会牵动一下表明它十分警觉。

他十分疲乏，渐渐安静地入睡了，夹着香烟的手垂在沙发坐垫上，把绸面烧焦了。他醒来，打开一本书，玩弄着一些新的小摆设和一张珍妮的照片，这张照片他以前没有见到过，是珍妮穿着短裙，裸着双臂，在乡下拍的。

"业余摄影者的快照……她的模样真漂亮！"

在这张未装镜框的照片后面，他读到一行字：

"'1915年6月5日'。6月5日我在哪里？……呵，想起来了，我正往阿拉斯去。6月5日。这个笔迹我不认识。"

他重又坐下来，随即为瞌睡所控制，而把所有的思绪都驱走了。十点钟，钟响起来；他醒来了，听着小钟浓重而庄严的声音，他笑了；珍妮常说，小钟看起来小，声音却大。但是当钟打到十下，狗跳了起来。

"安静！"中士睡意朦胧地说道。"躺下！"

沃莱斯没有躺下。它喷喷鼻子，伸伸爪子，这个样子就等于人戴上帽子准备要出去了。它走到主人跟前，那黄黄的眼珠清楚地表示："好不好？"

"嗯，"中士回答道，"你怎么啦？"

主人说话时狗出于敬意而垂下的双耳，马上又竖了起来。

"啊，你真讨厌！"中士叹了一口气。"你渴啦，想出去？"

听到"出去"两字，沃莱斯咧开嘴笑了，轻轻地喘着气，露出好看的牙齿和厚厚的舌头。

"好吧，我们就出去走走。但不能逛得太久，我实在困。"

路上，沃莱斯十分兴奋，像一头狼一样地狺狺叫着，直跳到主人脖子那么高，袭击了一只猫，又追着自己的尾巴打着圈儿。主人亲切地训斥它，它便为主人玩出各种把戏。最后安稳了下来，静悄悄地走着。中士跟在它后面，享受着温暖的夜气，唱了两三只胡思乱想编成的小调。

"明天早晨我要见到珍妮了……我要睡在舒适的床榻上……在这里还有七天可以消遣……"

他发觉狗已快步跑到前头去了，正在煤气灯下似乎露出不耐烦的样子在等着他。它的眼神，它摆动的尾巴和它的全身，似乎都在问他：

"怎么了？你来吗？"

他一赶上来，牧羊犬就断然地快步拐了弯，这时候他才意识到它是要去某个地方。

"或许，"他暗自思忖，"那女佣人经常……或许珍妮……"

他站定一会儿，又跟着狗走去，甚至没有意识到，他身上的倦意、睡意以及幸福的感觉一下子全消失了。他加快步子，狗欢快地跑在前面，像个好向导。

"走吧，走吧！"中士时时下命令。

他看了看路名，又继续往前走。他们经过许多在大门口有小屋的花园，路灯昏暗，路上空无一人。牧羊犬兴奋极了，直想咬它主人垂在一边的手。主人要制止这种兽性的冲动，无法说明，不得不打它。

它终于在一个花园的破旧颓败的围栏外面停下来。里面是一间攀满葡萄藤和紫葳的低矮的小屋，这是一间掩蔽在深处的小屋。它似乎在说："好了，我们到啦！"

狗在木栅门前摆好一个姿势，仿佛在说："喂，你为什么不推门啊？"

中士举手去推门，但又把手放了下来。他俯身指着从关闭的百叶窗里漏出来的一缕灯光，低声问牧羊犬：

"谁在那里？……珍妮？"

狗发出一声尖利的"唏"，吠叫起来。

中士低低地一声"嘘——"用手拍拍它又凉又湿的嘴巴。

中士又一次犹豫不决地朝着门伸出手臂，狗也向前跳奔。但是他抓住狗的颈圈把它拉了回来，带着它走到对面的人行道上，他从那里凝视着陌生的小屋和那一缕玫瑰色的灯光。他坐在人行道上，在狗旁边。他还未把浮现在脑际的，有关他妻子可能负心的种种联想集中起来，就已经感到十分孤独和虚弱了。

"你爱我吗?"他在狗的耳边喃喃地说。

狗舔舔主人的脸颊。

"走吧,我们回去吧。"

他们离开了,这回主人走在头里。他们又回到了小小的起居室里,狗看到主人正在把内衣和拖鞋塞进一只它十分熟悉的布袋里。它失望而崇敬地注视着主人的一举一动,在它黄黄的眼睛里闪动着金色的泪珠。中士把手按在它的脖子上安抚它:

"你也一起走吧。你不会再离开我了。下次你不会告诉我'此后'发生的事了。也许是我错了,也许我没有完全了解你。但是你一定不要留在这里了。除了我的秘密外,你的心灵上守不住任何秘密。"

狗颤抖着,仍然不很明白,他便用手抱住它的头,低声对它说道:

"你的心灵……一条狗的心灵……美丽的心灵……"

科尔内柳斯·贝格的悲哀

[法国] 玛·尤瑟纳

自从回到阿姆斯特丹的那天起，科尔内柳斯·贝格就住在客栈里。他经常换地方，每到要付房租的时候就搬一次家。他有时给人画肖像，有时应买主的要求画风俗画，有时为收藏家画裸体作品，但更多的时候是在街上蹓跶，碰运气画画广告招牌。不幸的是他的手发颤，眼镜的度数也越来越深，再加上在意大利养成的嗜酒、抽烟等毛病又破坏了他那虽然不怎么熟练但确曾自鸣得意的笔触。一气之下，他决定不再卖画，并把所有的作品涂改得一塌糊涂，打算从此洗手不干了。

他经常在烟雾腾腾的小酒馆的角落里一待就是几个钟头。伦勃朗往日的弟子们、他从前的同窗替他付酒帐，希望他讲一些旅行中的见闻。但是，科尔内柳斯带着画笔和油彩漫游过的那些尘土飞扬的国家给他留下的印象，远不如他对未来的憧憬清晰；而且，他不再像年轻时那样善于以粗俗的玩笑讨女招待们欢心。人们感到惊讶，科尔内柳斯从前很喜欢嬉闹，现在却变得沉默寡言了，只有酒才能使他的话多起来。每次喝醉之后，他就胡言乱语，谁也听不懂他说些什么。他总是脸冲墙坐着，帽檐拉得低低的，不愿意和人接触，觉得他们恶心。科尔内柳斯是个老肖像画师，在罗马的一个小阁楼住过多年。他一生中对各种人的面孔作过十分细致的观察，现在，他怀着愤懑的心情，漠然丢下画笔。他甚至声称，连动物也不再画了，因为动物太像人。

他往日的那一点点才能耗尽了，仿佛又有了新的灵感，经常躲在乱七八糟的阁楼里，坐在画架前，面对高价买来的新鲜水果写生。他必须赶在发亮的果皮干瘪之前尽快画下来。有时，他还在旁边摆一个普通的小锅或者一些果皮。室内灯光昏暗，雨水轻轻地拍打着窗户玻璃。空气潮湿，水气使粗糙的桔子皮和咯吱作响的护墙板都胀了起来，坛坛罐罐的铜皮上也长出了黑锈。但是，他很快就得撂下画笔。从前，他经常给买主画维纳斯的卧像和正在为赤膊儿童和蒙面妇女祝福的金须耶稣像。现在，他画一小会儿就觉得手指发麻，无法在画布上表现出那水气弥漫的天空。他每次用畸形的双手抚摸自己没有画过的东西时，心里总是充满柔情。他身居阿姆斯特丹凄凉的街头，却梦游着渺无人迹、露珠闪烁的田野。这田野简直比阿尼奥河畔的黎明还要美丽。这位极度贫困的老人似乎得了心脏水肿，潦潦草草地涂抹着可怜的画稿，但心却比伦勃朗还要高。

他同家庭的联系也全都断了，有些亲友不认他，有些则装着不知道他还在人世，唯一同他有来往的是哈勒姆的老居民代表。

整个春天他都呆在那个阳光充足而又十分整洁的小城里，白天受雇去为教堂描画假护墙板，工作完了之后，晚上总爱去这位墨守成规、性格温和的老人家里做客。老人没有妻子，在一个女佣人的细心照料下生活。他对艺术一窍不通，贝格推开单薄的上漆栅门，在小花园里水渠旁的花丛中，受到特别喜爱马兰花的主人的接待。科尔内柳斯对这些珍贵的花草虽无兴趣，但对它们在形体和色调上的细微差异却极为敏感。他知道老代表请他来只是为了听听他对新花种的意见。没有人能用语言确切地表达出白色、蓝色、玫瑰红和淡紫色的无穷变化。各种名花的幼芽又细又硬，从肥沃的黑土里钻了出来，虽然闻不到花香，但空气中却弥漫着潮湿泥土的芬芳。老代表双手捧着膝上的花盆，正在修枝剪叶。他用两个指头夹着花梗，默默地让客人欣赏幼嫩的花朵。他们彼此说话不多，科尔内柳斯只是不时地点点头表示自己的赞许。

这一天，老代表对新培育成功的一种罕见花种十分得意：花瓣白紫相间，还带有彩虹般的条纹。他翻来倒去地欣赏了一阵，然后把花放到脚边说道：

"上帝是一个伟大的画家。"

科尔内柳斯没有回答。性格温和的老代表接着说：

"上帝是整个世界的画家。"

科尔内柳斯一会儿看看花儿，一会儿又看看水渠。渠水犹如一面青灰色的镜子，照出了花坛、砖墙、和女佣人晾晒的衣裳，但是，疲惫的流浪画师却从中模模糊糊地看到了自己的一生。他眼前浮现出长途跋涉中见到过的某些人的容貌及其他种种景象：东方的肮脏，南方的散漫，普天之下的贪婪、愚昧和残暴，破旧的房屋，花柳病，小酒店前的械斗，当铺老板的冰冷面孔，还有躺在弗里堡医学院解剖台上的弗雷德里克·格里多切的模特儿那美丽丰腴躯体。他还想起另一件事情。他曾在康士坦西诺布尔住过，并给联合国驻那里的大使画过几幅苏丹像和有机会参观一位帕夏引以骄傲和非常得意的马兰花花园。帕夏指望画家能把他在这个花园里度过的短暂美好时光画下来作永久的纪念。堆放在大理石路面上的马兰花，呈现出鲜艳而柔和的色彩。喷水池旁，翠柏参天，一只小鸟儿正在歌唱。但是，奉主人之命向来客介绍这些名花的却是一个独眼仆人，成群苍蝇麇集在他刚刚瞎掉不久的眼珠上。想到这儿，科尔内柳斯摘下眼镜说道：

"上帝确是整个世界的画家。"

接着，又悲伤地低声补充说：

"代表先生，可惜上帝画的不仅仅是自然景物。"

勃鲁阿戴总统

[法国] 吉·塞斯勃隆

　　艾米尔·勃鲁阿戴有一种大大妨碍他前程的脾气。因为他虽然在政府机关里任职，却丝毫不像他的同事们那样克制、收敛，居然还敢发发脾气。像他这样一个爱发号施令、性格暴烈，胆大而有见识的人，亏得他喜好——不，应该说他需要在办事中有条不紊，否则他连现在占着的那个微不足道的位置还捞不到哩。他日常生活中的一切事都是"准时而行"的，这一点是他在部里的档案中得到的唯一良好的评语。他每天起床、到部里上班、吃饭、吸烟、洗手，等等，都是一成不变，都被安排在这些事的空当儿。他总是从晚间9点睡到早上7点，一旦缺了5分钟的觉，无论如何，要在当天补回来，否则就要出现严重的神智不清的情况。

　　依照这种情况推测，他的后半生里只有两个日子值得提一下了：一个是他退休的日子，一个就是他死的日子。其余的都是一成不变，"准时而行"的。

　　可是有一天晚上，几个顺路来看望他的朋友把他拉出去，先到戏院，后到夜总会，在外边玩个通宵。第二天早晨，勃鲁阿戴醒来的时候发现自己已经是在家里，这会儿时钟正好敲了7下。他面临一个无情的窘境：要么睡上一天觉，要么照常上班工作。两个办法都同样打破他的常规，他简直不知选择哪一个才是。在不知不觉中，还是他的身体替他找到了唯一对他合适的办法：艾米尔·勃鲁阿戴又睡了，但他刚一睡下马上又起来了，穿好衣服，到部里上班。从此他成了一个梦游者。

　　人闭着眼睛不一定是在睡觉；同样，一个睡着了的人也不一定非闭着眼睛不可。许多梦游病人就是睁开眼睛的，这也正是艾米尔·勃鲁阿戴的情况。从那天开始，他的生活就完全颠倒了过来，再也无法恢复原来的次序。夜里，他好歹算是活着；白天，他睁着眼睛在做梦，按着老习惯过日子。不过，事情也并不完全能够遵循老习惯，因为他的梦想，他的筹划，他的愤怒统统浸沉在这白天的酣睡之中；而他的自负、暴烈、大胆和才智都归到无用场的黑夜里。在白天，只见他完全是个沉默寡言、谦卑顺从、唯唯诺诺的样子，因为他完全是个夜游的人。然而正因为如此，他的生活发生了重大变化。

　　原来他的上司们对他那个过强的性格一直很厌恶，现在终于看中他，觉得他的职位如此低下是有欠公道的，就越级提拔他。他的晋升简直神速。人们本来知道他并不怎么笨，现在又发现他温顺，平和，毫无野心，于是就把他树为榜样。首先把法兰西学院院士的桂冠给了这位梦游者，接着他又得到了骑士荣誉团勋章。"怎么！他以前还没有得到吗?"

　　常言道，群蝇逐臭，交易界靠官场的腐败而生存；而他，不久就成为交易界津津乐道的人士。有人揣度艾米尔·勃鲁阿戴可以出任一个子公司的经理：这是对他的一番"试用"。梦游人当然表示同意。他出席各种董事会，总是大睁着那双茫茫然的眼睛，嘴边挂着微笑。"他样样都好，亲爱的……"那些托拉斯的巨头们非常赏识他。不久，他就在 3 个、7 个，甚至 20 个董事会里兼职，人们推选他当董事长。他在承办什么事务和主持投票时，完全符合例行公事原则，又毫无任何自己的见解，这是无与伦比的优点。由于那些托拉斯老板有意把他引进海运界，他就在那里发迹扬名了。从此，那些搬运工、码头工和随时都会丢掉性命的水手们一听到勃鲁阿戴经理的名字就会脱帽表示敬意。随着他飞黄腾达，先后有一只普通挖泥船、一只驳轮、一条大货船，还有一艘世界上最大的深海客轮被命名为"勃鲁阿戴总经理号"。

　　托拉斯的巨头们认为，像勃鲁阿戴这样恪尽职责的人物应该直接地参预国家事务。梦游者自然同意了。有人出钱给他买了一个选区，于是他成了众议员。后来成了参议员，接着又从副议长升为参议院议长。最后，按照逻辑发展的必然性，他当上了共和国总统。他那副捉摸不定的眼神，梦游者特有的微笑，竟成为《画刊》杂志极好的封面，而且被挂在各学校、各警察局的墙壁上。他很少演说。演说时内容也平淡无奇，这样，全国一半的人听了大失所望，可是另一半的人听了则大为高兴，说："我们总算有一位不夸夸其谈的总统，一位思想家！只要看一看他那双沉思的眼睛，富有哲学意味的微笑，就足以……"再说，他是那么风度翩翩。众所周知，自从费里克斯·富尔总统以来，竟没有一个总统懂得穿衣服。于是这位勃鲁阿戴总统就被当作出口商品一样看待了。在这位气度不凡而又比英国国王还要沉默寡言的人物访英以后，法兰西银行从大不列颠政府银行得到了一笔盼望已久的巨额贷款。但由于这笔钱早就用于填亏空，勃鲁阿戴总统便又被派往美洲进行访问。就是这趟旅行把一切都搞糟了。

因为新旧大陆之间的时差使艾米尔·勃鲁阿戴弥补上了很久以前欠下的那一夜睡眠，这真是他自己也没有料到的事情。此后，他又白天清醒，夜里睡觉了：梦游症到此结束！他的个性，他的大胆和才智又统统重现出来，冲撞、冒犯别人，使别人感到不安。在国会和银行的走廊里，到处是议论他的窃窃私语。不到半年，艾米尔·勃鲁阿戴落入了几乎是尽人皆知的一些圈套（只有他被蒙在鼓里），他不得不辞去共和国总统的职务。他也没有再被选为参议员，又在立法选举中被击败，被撤掉一切官方职务，最后获准去享受他那退休的权利了。

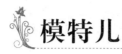

模特儿

[法国] 罗布—格里耶

　　咖啡壶摆在桌子上。

　　这是一张四脚圆桌，盖着一块红方格和灰方格相间的油布，油布的底色浅淡，白中略微透黄，以前可能是乳白色，也或许是白色。桌子当中是一块陶瓷垫子，权充菜盘托儿。盘子上的花纹完全被桌上的咖啡壶遮住——至少辨认不出来了。

　　咖啡壶是用陶土制作的。它的形状像一个圆球，上面是一个圆柱形的过滤器，安着一个蘑菇形的盖子。壶嘴呈 S 形，曲度不大，基部微微鼓成肚子状。至于壶把，你可以把它说成是耳朵形，或者更确切地说是耳朵的外廓；不过，这是一只长得怪模怪样的耳朵，圆鼓鼓的，没有耳垂，可说像一个瓦罐的把子。壶嘴、把子和蘑菇形盖子都是奶油颜色，其余部分则是浅褐色，匀和，光泽。

　　桌子上除了油布、盘托和咖啡壶之外，别无他物。

　　靠窗的右边，竖立着一个模特儿。

　　桌子后面，壁炉上方的墙上挂着一面长方形镜子，映照出右半边窗户，左边（即窗子的右边）的带镜衣橱也映入镜中。而在衣橱的镜子里，又可以看见窗子，这一面可以看见整个窗户，并且图像是正的（即右边照出右窗扇，左边照出左窗扉）。

　　因此，壁炉上方的镜子里就有三个半扇窗子了，彼此衔接，几乎没有脱节的感觉，它们从左至右分别是：正面的左半扇，正面的右半扇，反面的右半扇。由于衣橱正好放置在房间的角隅里，向窗子边沿的方向突伸，所以两个右窗扉被衣橱狭窄的梃子隔开来了，这梃子也许正好与窗子当中那根木头重合（左窗扉的右梃与右窗扉的左梃相接合）。由三扇窗子的半截窗帘上面往外望，可以看见花园里光秃秃的树干。

这样，窗子的映像占据了全部镜面，只有上面一部分镜面映照出一块天花板和带镜衣橱的上端。

在壁炉上面的镜子里，还可以看见另外两个模特儿：一个立在第一个窗扉，即最狭窄、靠左边那个窗扉前面，另一个立在第 3 个窗扉前（即最右边那一扇）。两个模特儿并不是正面站着，右边那一个在镜子中映出右腰侧，左边那个稍小，映出左腰侧。不过，乍看上去，不容易看出这种差别。因为两个形象的朝向是一致的，因而仿佛两个模特儿都映出了同一个腰侧——大概是左侧吧。

三个模特儿排成一线。当中的那个位于镜子的右边，个儿的大小介于另两个之间，它的朝向恰好跟摆在桌上的咖啡壶的朝向相同。

咖啡壶的球面上映照出变形的窗影，像一个各边都是弧结组成的四边形。两个窗扉当中的木梃形成的线条，在咖啡壶基部映出来时突然变粗了，形成一个模糊不清的斑点，大概还是那个模特儿的阴影吧。

窗户奇大，虽说只有两扇窗扉，房间里还是很明亮。

桌子上那把咖啡壶，散发出热咖啡的扑鼻香味。

模特儿并不是放在它原来的位置上：平时都是放在靠窗的角落里，在带镜衣橱的对面。衣橱是一直摆在那儿的，这样，试衣比较方便些。

托盘上画的是一只雌猫头鹰，睁着两只有点儿吓人的大眼睛。不过，眼下暂时什么都看不见，因为给咖啡壶挡住了。

彩　票

[德国]　沃尔夫·冈哈尔姆

尤利乌斯是一个画家，而且是一个很不错的画家。他画快乐的世界，因为他自己就是一个快乐的人。不过没人买他的画，因此他想起来会有点伤感，但只是一会儿。

"玩玩足球彩票吧！"他的朋友们劝他，"只花2马克便可赢很多钱！"

于是尤利乌斯花2马克买了一张彩票，并真的中了彩！他赚了50万马克。

"你瞧！"他的朋友都对他说，"你多走运啊！现在你还经常画画吗?"

"我现在就只画支票上的数字！"尤利乌斯笑道。

尤利乌斯买了一幢别墅并对它进行一番装饰。他很有品位，买了许多好东西：阿富汗地毯、维也纳柜橱、佛罗伦萨小桌、迈森瓷器，还有古老的威尼斯吊灯。

尤利乌斯很满足地坐了下来，他点燃一支香烟静静地享受他的幸福。突然他感到好孤单，便想去看看朋友。他把烟往地上一扔，在原来那个石头做的画室里他经常这样做，然后他就出去了。

燃烧着的香烟躺在地上，躺在华丽的阿富汗地毯上……一个小时以后别墅变成一片火的海洋，它完全烧没了。

朋友们很快就知道这个消息，他们都来安慰尤利乌斯。

"尤利乌斯，真是不幸呀！"他们说。

"怎么不幸了?"他问。

"损失呀！尤利乌斯，你现在什么都没有了。"

"什么呀，不过是损失了2个马克。"

在桥头

[德国] 亨·伯尔

　　那些人把我的双腿修补好了，给我安排了一个能坐着干的差事：数一数有多少人走过这座新桥。他们最大的乐趣，就是用数字拼凑起来的毫无意义的玩意儿。我这张顾不上讲话的嘴，整天像时钟一样，不停地累计，以便到晚上送给他们一个辉煌的数字。每当我报上每班的统计结果时，他们都喜形于色，数字越大，他们笑得越加可爱。他们尽可心满意足，高枕无忧了，因为每天走过他们新桥的都有好几千人。

　　但是，他们公布的数字并不准确。很遗憾，数字并不准确。尽管我善于给别人留下一个忠诚老实的印象，然而，我并不是一个可靠的人。

　　有时，我少数个把人；有时，出于一种怜悯，给他们多报上几个。对此，我心中暗暗得意。他们的运气全然掌握在我的手中：要是我发火了，或者没烟抽了，我就只给他们报个平均数，甚至小于平均数；碰到我心花怒放的时候，我就用一个五位数来抒发我的慷慨之情。他们可真幸运啊！每天，他们从我手中郑重其事地把记录结果一把夺去，眼睛霎然明亮，还拍拍我的肩膀。可压根儿不知道这其中的奥妙啊！然后，他们开始乘乘、除除、算算百分比，如此等等。他们计算出，今天每分钟过桥的有多少人，那么十年以后，总共将会有多少人走过这座新桥。他们酷爱"第二将来时"，"第二将来时"是他们的拿手好戏——但遗憾的是，这一切的一切都不准确……

当我那娇小的亲爱的过桥时——白天两次——我那孜孜不倦地跳动着的心就骤然停止了跳动。直到她拐进林荫大道，身影消失之前，都听不到我的心跳。在这段时间过桥的人，我一概不上报。这两分钟归我所有，归我一个人所有，我绝不让任何人夺走这两分钟。傍晚，当她从冷饮店出来，走在我对面的人行道上，路过我这张要不断数数字、没法讲话的嘴巴的时候，我的心再次停止了跳动。直到再也看不见她的倩影，我才又数起来。一切有幸在这几分钟之内，在我这双视而不见的眼睛面前过桥的人，就不会进入那永恒的统计数字中去。那些无足轻重的人们，那些影子男人和影子女人，他们都不会纳入到统计数字的"第二将来时"里去……

很清楚，我爱她。但她却一无所知，我并不想让她知道这事。也不该让她知道，她是以何等巨大的威力，把统计数字抛到九霄云外。她披着一头褐色的长发，长着一双纤细的脚，她应当天真无邪地，清白无辜地迈进冷饮店。她应该多得到些小费。我爱她，毫无疑问，我爱她！

最近，他们来检查我的工作了。这件事，坐在我对面数汽车的伙伴早就提醒过我。于是，我加倍小心。我像发了疯似地数啊，数啊，纵然是一台计数器，也绝不会比我数得更精确些。统计科长亲自站在我对面的人行道上。后来他把他在一小时内统计的结果，同我在一小时内统计的结果比较了一下。我只比他少数了一个人——我那娇小的亲爱的，刚巧在这段抽查的时间里过了桥。我这一辈子绝不能让别人把这美丽的姑娘遣送到"第二将来时"里去。我那娇小的亲爱的绝不能被他们拿去乘乘、除除、化成虚无飘渺的百分比。每当我因计数没法目送她过桥时，我就心痛欲绝。我真感谢我对面的数汽车的伙伴。这一切可关系到我的生存啊。

统计科长拍拍我的肩膀，夸奖我这个人很好，很可靠，很忠诚。"一小时内，只误差一个人"，他说，"这算不了什么。平时在算百分比时，我们反正会多算几个进去的。我将提议，让您去数马车。"

数马车当然是件好事，是空前绝后的美差。白天，最多只有二十五辆马车过桥，每隔半小时，记数的人就可以让大脑休息一下。这真是一桩美差！

要是真让我数马车，那就太美了。估计四点到八点之间，根本没有马车过桥，我可以散散步，可以光顾一下冷饮店，可以久久地望着她。也许还能陪她走一段，送她回家，我那娇小的没有被数进去的亲爱的……

弗利克斯回来了

[德国] 艾·凯斯特纳

　　1921 年圣诞前夜，将近六点钟，普赖斯一家刚刚互赠了节日礼品，父亲摇摇晃晃地站在一张椅子上，身子紧贴着圣诞树，用他那沾湿了的手指在掐灭淡红色的小小烛焰。母亲在外面厨房里忙碌着，她把餐具和土豆色拉端进了起居间，说道："小香肠马上就热了!"她的丈夫爬下椅子，高兴地拍拍手，大声对她说："有芥末吗?"她没有答活，回身取了盛芥末的瓶子嘱咐说："弗利克斯，买芥末去! 小香肠已经热好了。"

　　弗利克斯正坐在灯下摆弄着一只廉价的小照相机。父亲轻轻地打了这个十五岁的男孩一巴掌，厉声说道："以后还有时间玩，你把钱拿着，快去买芥末! 带上钥匙，回来你就不用按门铃了。还要我赶你走吗?"

　　弗利克斯拿起盛芥末的瓶子，似乎还想用它来拍个照。他接过钱，拿了钥匙就上了街。

　　店主们都不耐烦地站立在店门里边，认为命运亏待了他们。所有楼房的窗子里都闪烁着圣诞树的微光。

　　弗利克斯信步走过无数家商店，朝里面张望，什么也没有看到。他心中飘飘忽忽，把芥末和小香肠的事抛到了九霄云外。他沉浸在幸福之中，以至芥末瓶子不知不觉地从他手里滑落在地。橱窗前哗啦啦地落下了百叶窗，这时，弗利克斯发现自己在城里已逛荡了一个小时。这么长时间小香肠肯定早就煮爆了，弗利克斯吓得不敢回家。两手空空，一点芥末也没有买着……而且回去这么晚！偏偏要在今天挨耳光，他受不了！

普赖斯夫妇吃着没放芥末的小香肠，一肚子怒气。八点钟了，他们开始担起心来。他们报告了警察。一连等了三天，音讯杳然！他们又等了三年，儿子仍不知所终！久而久之，他们的希望破灭了。最后他们不再等了，从此陷入了绝望的忧伤之中……

打这起，圣诞前夜成了这孤寂的老两口生活中的忌辰。每到这一天，他们总是默默地坐在圣诞树前，端详着那架廉价的小照相机和一张儿子的相片——那是他受坚信礼时的留影，孩子穿着蓝色西服，戴着齐耳的黑色毡帽。老两口太爱孩子了，以致父亲有时信手就揍他几下，可他并不是发火，不是吗？——圣诞树下每年都摆上他昔日送给父亲的十支雪茄和送给母亲的暖和的手套。老两口每年吃土豆色拉加小香肠，但出于忌讳，都不放芥末，他们再也吃不出香味了！

老两口并排坐着，他们眼泪汪汪，燃着的蜡烛看上去象是圣诞树上闪闪发光的大玻璃球；他们并排坐着，父亲每年都要念叨这句话："这次的小香肠可是真不错。"母亲照例答道："我还要去厨房把弗利克斯的那份给你取来。现在我们再也等不到他了。"

闲话少说。弗利克斯回来了！

那是1926年的圣诞前夜。六点刚过，母亲把煮热的小香肠端了进来，这时父亲说道："你什么也没听见吗？刚才门上不是有动静吗？"他们屏息静听，一面继续进餐。有人进了屋，他们不敢回头看。一个颤抖的声音说："买来了！这是芥末，爸爸！"接着，一只手从两人之间伸了出来。一点不假，一个满装芥末的瓶子放到了桌子上……

母亲双手合十，深深地低下了头。父亲撑着桌子站起身，虽然热泪盈眶，却微笑着回过身来，举起胳膊给了儿子一记响亮的耳光，说道："去了这么长时间！你这个调皮鬼，坐到那边去！"

要是小香肠凉了，世上再好的芥末又有什么用呢？不过，小香肠凉过——这倒是千真万确的！

写给姐姐的情书

[德国] 冈·施潘

　　有一天，我们放学回家，邮差送来了姐姐克蕾默蒂娜28岁生日那天照的几张照片。照片上的姐姐比她本人更难看，简直和德国著名画家威勒赫乐姆·勃舍笔下《虔诚的海勒娜》一模一样。不知是出于怜悯还是害怕索赔，摄影师还将其中一幅精心修描过。妈妈给一位婚姻介绍人写了一封信，连同这张照片一起寄了出去。她想碰碰运气，给姐姐找个终身伴侣。

　　信寄出后，姐姐显得容光焕发起来。她让裁缝做了一套时髦服装，还买来各式各样的化妆品。每逢邮差上门，她都忐忑不安地在房间里来回走动，可每次送来的不外乎是爸爸的业务信件，所以她很失望。这种情况持续了两周之后，陷入忧伤绝境的姐姐终于病倒了。

　　随着她的病情日趋严重，我和弟弟都认为得想个办法解除姐姐的痛苦才对。于是，我俩去找了一位朋友，从他父亲的写字台里偷偷拿出一本《尺牍大全》，然后根据这本小册子用打字机打了一封极富浪漫色彩的情书。我俩冒名约瑟夫·斯查弗兰斯基先生，夸赞姐姐年轻美貌并向她求婚。信封的落款是：邮政总局待领。

　　次日下午，我俩回家后，看到家里人异常激动。姐姐穿着她那件漂亮的连衣裙，又哭又笑地讲述有位先生来信表示愿意娶她为妻。喝咖啡时，她还把信的全文念了一遍。妈妈听了很受感动，说这封信使她不由的想起了爸爸当年给她的第一封情书。爸爸对此却不置一词，因为他喝咖啡喝得过急，呛得一个劲儿不停地咳嗽。后来，家里人决定邀请这位先生下星期日到家里来喝咖啡。晚上姐姐发出一封散发着紫罗兰香味的邀请信。

两天后，我和弟弟又在朋友家按照《尺牍大全》打了一封回信。信开头是约瑟夫·斯查弗兰斯基对姐姐的来信表示感激，并衷心接受她的盛情邀请。接着便是一大段摘自《尺牍大全》的有关《爱情》和《思念》一类最能拨动女人心弦的语句。姐姐准是收到了这封信，虽然她没让任何人看，可是从她的鼻尖上不难看出她内心有多么激动。

姐姐盼望已久的星期天终于来到了。可我和弟弟此时此刻才真正意识到我们的做法既漏洞百出又愚蠢可笑，肯定会被人识破。这天姐姐看起来分外漂亮，这使我俩内心更加感到不安，差点儿就要当众承认错误了。可我们到底还是守口如瓶，未向她吐露真情。将近 4 点，电铃突然响了起来，我和弟弟吓得脸色煞白，妈妈三步并作两步赶快前去开门。首先我们听见一个男子宏亮的嗓音，然后是妈妈掩饰不住内心的喜悦。奇怪的是，这位陌生青年始终不曾通报姓名。我和弟弟紧张得连大气都不敢出，真希望家里人干脆就把这位不速之客当成是斯查弗兰斯基先生算了。爸爸妈妈似乎对此毫不怀疑，姐姐更不用说了，可没一个人敢用斯查弗兰斯基称呼来人。大概生怕把这个古怪难叫的名字发错了音，叫走了调儿。

喝咖啡时大家才弄清楚，这位青年是地方法院一名陪审法官兼某慈善团体负责人，近来正在为孤儿筹措一笔款项。他说着还拿出捐款人名单让爸爸妈妈过目。爸爸颇感到惊讶，说捐款之事容日后再议。来人微笑着站起身答应改日再来，然后告辞离去。

客人走后，我和弟弟好歹松了一口气。可是姐姐被刚才发生的一切弄得不知所措，飞也似地跑进自己的房间。爸爸的肺都给气炸了，"真是个古怪的人！"他愤愤地说，"明明是来向我女儿求婚，可到家后却要我们为孤儿捐什么款。说不定我们上了这个骗子的当了！妈妈认为爸爸言之有理，还说最好到警察局去告发这个骗子。我和弟弟听了十分害怕，只好把化名写信的事和盘托出。出乎意料的是，爸爸非但没有责怪我们，脸上反而隐约浮现出一丝微笑。他认为姐姐的终身大事有朝一日总会水到渠成自行解决的。他再三叮嘱莫将真情透露给姐姐。我们当着妈妈的面提到那本《尺牍大全》时，爸爸似乎显得挺尴尬。

第二天姐姐没来吃饭。她躲在闺房里拒不见人。爸爸对她说，昨天那客人大概不是斯查弗兰斯先生。斯查弗兰斯先生准是有急事耽搁了才没来。不管怎么劝说，姐姐也不肯走出房门一步。

晚上，陪审法官又来到我家。这次才搞清他的大名：海弗勒。即使这样，姐姐依旧房门紧闭。

爸爸待客分外热情。不过，从这天起一直到以后几天，爸爸既无时间也没有兴趣提及捐款一事，害得固执的陪审法官先生只好日复一日地登门拜访。这样一来，他与姐姐见面的机会逐渐多了起来。他们或者漫步花园，或促膝攀谈。有一次，弟弟和我意外地发现，他俩在灌木丛后面居然拥抱在一起接吻！此刻，我和弟弟才明白，爸爸的话一点也不错：姐姐的终身大事迟早会自行解决的。

小儿子

[德国] 埃迪特·施密茨

　　"真是岂有此理！"警察局长温特狠狠地将当天的报纸扔在桌上。"三个星期以来，这已是第六起药房被盗案了，所有麻醉品又被偷了个精光！"他让人通知刑侦科科长埃默尔来见他。

　　"埃默尔警官，"温特显然余怒未消。"我想你该不会不告诉我，案子仍然毫无进展吧?""您说对了，情况正是如此，我们一点儿头绪也没有。"埃默尔警官无可奈何地说道。"什么，还是——一点儿线索也没有。"温特一下就火了，他的脾气是有名的，"如果你认为你没法破这个案子，干脆就跟我直说，我会找人接替你的工作！"温特的话毫不客气。

　　下班后，垂头丧气的埃默尔回到家。坐在桌旁，他把这六起盗窃案的情况又从头到尾地回忆了一番。忽然他想起，在第六家被盗药房的现场，曾发现了一截超级帝国牌香烟的烟蒂，这种牌子的烟现在很少有人抽，而他的小儿子维尔纳，抽的就是这一种……想到这，他不由得一哆嗦，目光落在了桌上的那张全家福上，那上面有他的大儿子海因茨，一名优秀的警察，可惜年仅二十五岁就被犯罪分子杀害了。为此，他坚决反对热衷于侦探小说的小儿子维尔纳投身警察，可现在……他不敢再往下想。一个儿子被罪犯杀害了，另一个儿子本身就是一名罪犯，这会是真的吗？

　　吃过晚饭，维尔纳进房间去了。埃默尔悄悄地把维尔纳用过的杯子收了起来。第二天上班，他把杯子拿到警察局去化验。结果令他几乎站立不住：杯子上的和现场找到的烟蒂上的，是同一个人的指纹。

晚上，维尔纳吃过饭就匆匆出去了。满面愁容的埃默尔溜进了儿子的房间，意外地发现了一张本市地图，上面用各色圆圈做满了记号，其中六个红圈被一条蓝线连起来。埃默尔仔细一看，这六个红圈所代表的正是那六家被盗的药店！对于埃默尔来说，这真是一个痛苦的时刻，他不得不相信，自己最心爱的儿子——维尔纳，竟是一名罪犯。这真是他所遇到的最棘手的案子。埃默尔是一名正直而又有原则的警官，他知道自己该怎么做，他拨通了刑侦科的号码……接着，他带上装好子弹的手枪，却发现手铐不翼而飞，一定是维尔纳！但他顾不了这许多，出了门直奔阿德勒药房。

阿德勒药房的四周此刻已埋伏了好多警察，将这里团团围住，看着这一切，埃默尔心里一阵难过。"报告警官，刚才有人从后门翻进去，现在还没有出来，估计正在作案……"一名警察小声说。

"跟我来！"埃默尔挥了挥手，几名警察在他的带领下，悄悄地进入了药店。药店里面一片漆黑，伸手不见五指，埃默尔等人在黑暗中小心翼翼地向前摸索着。忽然前面传来一阵窸窸窣窣的声音，似是有人在走动，埃默尔大吼一声："不许动，举起手来！不然我开枪了！"几乎是在同时，一名警察摸到了电灯开关，顿时一片通明。

"不要开枪，爸爸，是我！"一名年轻的男子叫道，正是维尔纳。"你们怎么才来呀，我好不容易逮住了这家伙，真对不起，爸爸，我拿了您的手铐……"

埃默尔这才注意到，维尔纳身边蜷缩着一个沮丧的男子，双手被手铐铐着。

"好了，我亲爱的埃默尔，"一小时后，警察局长温特亲切地对埃默尔说道："你难道还不同意维尔纳当警察吗？让他来吧。我们正需要这样的年轻人，他会和你一样，成为一名优秀的警官的。"

上班诀窍

［德国］ 路·席波赖特

"哈姆森先生，这是新来的同事诺伊鲍尔先生，先让他同您在一个办公室里办公。他需要全面了解这儿各部门的情况，请您多关照他，指点他，对他说明一切情况。"

哈姆森见老板信赖地把新同事托付给他，不禁受宠若惊，唯唯诺诺地说道："我一定照办。"

他同新同事离开了老板的办公室。

"喂，诺伊鲍尔先生，让我们来参观一下企业吧，这样您就会熟悉企业的情况了。"

"参观企业?"新同事不解地问道。

"是啊。要是我们坐在办公室累了，想放松一下，到处游荡，那就说参观企业。我们离开工作岗位，老板见了当然不高兴，可我们总会找出一个理由的。"

"什么理由呢?"诺伊鲍尔饶有兴趣地问。

"您来学学吧。譬如，就说要商量和检查一些事情。当然有时确实是真的，有些事也可以检查两三次。不过您别忘了把文件夹啦、帐簿啦、货单啦诸如此类的东西带在身边，做出办公事的样子。这一来，您就可以在仓库里呆上几个小时。我们私下里说说，有几个仓库保管员喜欢打牌，常常需要找个玩牌的伙伴。如此消磨时间，您觉得怎样？"

"真有意思，"诺伊鲍尔说。

"喏，这是您的办公桌。"哈姆森说，"这儿有咖啡。喝咖啡嘛，本来只能在休息时间喝，否则顾客来了，看见我们在喝咖啡，就会留下不好的印象，为此我们想出了一个专门的办法。您瞧，很简单：我们把办公桌右下方的抽屉腾出来，放上咖啡杯，人一来，马上关上。抽屉里铺了吸墨水纸，即使咖啡泼了出来，也没问题。我们私下里说说，我们同样可以喝酒。当然在上班时喝酒是禁止的，这是大家都清楚的。不过有时有人过生日，或者觉得不畅快，需要提提神，那他就把酒杯和酒瓶也放在抽屉里。"

"这真实用，"诺伊鲍尔说。

"还有一个内部的小秘密。您瞧，这扇门里有一个小房间，那是储藏室，谁也不会闯进去的。呆在里面，倒叫人感到挺舒服的。如果我们之中有谁喝多了感到不舒服，那他就干脆躺到里面的羊毛毯上睡觉。您可知道这句妙言：办公室里睡觉是最舒服的睡觉。当然，这是不能让老板知道的……"

"这我明白。"新同事说。

哈姆森真是一位乐于助人的同事，他把一切情况都说明了。"有一点我提请您注意：如果您早上睡过了头，就千万别赶来上班。弄得气喘吁吁地跑来，倒可能会迟到几分钟。迟到给人的印象不好。您可以这么办：干脆打个电话来，说您在医生或牙医那儿看病，要来得迟一点。您与其迟来一刻钟，倒不如迟来三小时。您要去理发或者干诸如此类的事，也可照此办理。我们在上班时间理发，这是因为我们的头发是在上班时间长长的。"

"这种见解是合乎逻辑的。"

"是啊，难道不是这么回事吗？您要是知道了这些上班的诀窍，就能在这儿混得很好。"

"嗯，我已学到了各种诀窍，多谢您的关照。"

"嘿，这是我理应做的，我们是同事嘛。不过，您能对我说说，您是怎样搞到这份差事的？为什么要您熟悉各部门的情况呢？通常这儿雇佣的人只做某一件事。"

诺伊鲍尔说："要我熟悉各部门的情况，是因为老板一退休，我就要接替他。那位老板是我的岳父。"

两条路

[德国] 里克特

　　新年之夜。一位老人正伫立在窗前。他睁开那充满忧伤的眼睛，仰望墨蓝色的天空。天空中，点点繁星像浮在清澈、平静的湖面上的朵朵白荷花。他又把目光移向大地；大地上，那为数不多的比他更希望渺茫的人们，正朝着自己那必然的目的地——坟墓挪去。如果将一岁比作一站的话，在通往坟墓的道路上，他已经走过六十站了。至今，他从自己的生活旅程中所获得的，除了错误和懊悔之外，别的什么也没有了。他，如今的他，身体衰弱、头脑空虚、心情凄切，尽管已值花甲之年，还是鲜舒寡适。

　　逝去了的青春岁月幻影般地浮现在他的眼前。他想起了那个庄严的时刻——他的父亲将他放在两条道路之起点的庄严时刻。两条路：一条，通向一个阳光明媚、恬静宜人的天地，那里，大地上覆盖着丰硕的果实，天空中荡漾着甜美的歌声；另一条，通向一个深远莫测的、黑乎乎的大山洞，这山洞没有出口，洞里流着的不是水而是毒液，一些大蛇在蠕动着，发出咝咝的声响。

　　他又抬起头来看了看天空，苦楚地叫道："啊，青春，你回来吧！哦，爸爸，您重新把我放在生活的道路的起点吧！我会去选择那条光明之路的！"然而，他的父亲已经死去，他的青春已经流逝。

　　他看见一道道游移着的光从一片片黑暗的沼泽地上空掠过去，消失了。这些光仿佛是他那被虚度了的年华。他又看见一颗星从天空中坠落下来。在黑暗中匿迹销声。这颗星仿佛是他自身的象征。懊悔，无济于事的懊悔，像一支支利箭直射他的胸膛。接着，他想起了自己孩提时的伙伴们。他们和自己同时踏入生活；但是，由于他们走上的是劳动之路，是道德之途，值此新年之夜，他们是荣耀的、愉快的。

高高的教堂楼上的时钟响了。听见这钟声，他回想起父母早年对他——一个现在犯着错误的孩子——的爱抚；回想起父母亲教给他的知识，回想起他们为了他而向上帝所作的祈祷。他沉浸在羞耻和悲切之中，怎么也不敢再仰望夜空——那安息着他父亲在天之灵的夜空。泪水从他那被模糊了的眼睛里涌了出来，滴落下去。他绝望地晃动一下身子，大声地喊道："回来吧，我的青春！你回来！"

果然，他的青春真的回来了！这是因为上面这一切，都是他在新年之夜所做的梦。他还年轻，唯有梦中所提到的他的过失是真实的。他由衷地感激上帝——他还拥有时间。他还没有走进那深远莫测的、黑乎乎的大山洞。他仍然可以自由地踏上那第一条路，走向那阳光明媚、宁静宜人、硕果累累的天地。

那些今天仍然在生活的门槛前徘徊、对于生活道路的选择还犹豫不决的人们应该记住：当岁月流逝、当你发现自己的脚步已蹒跚在那通向山洞的黑暗的山路上的时候，你将会痛苦而又枉然地呼叫："啊，青春，你回来吧！啊，还我青春！"

一个橱的移交

[德国] 约·雷丁

"休息！统统到校园去！"

孩子们从两位女教师面前走过。只见粗蓝布裤和绒线衫在你推我挤。几乎看不见面孔。只有在漫不经心地走过的孩子抬头看女教师的时候，才露出半张开的、好奇的嘴。不过其中有一个男孩的嘴紧闭着，眼睛睁得大大的。那张被踩得模糊不清的鱼刺形镶木地板上立刻卷起一片尘土。

"又粗野，又可爱，这群毛孩子。"年老的女教师说。

"这两样我都会注意到的。"年轻的女教师说。

"经过一些时间，孩子们就会反映出他们老师的精神结构。"老年女教师说。

这是她从一本教育学的厚书上读来的。青年女教师心里想。也许是昨天才读到的。什么心理社会领域和谆谆善诱呀，或者早熟的冲突世界呀，或者鬼知道什么的、很高兴，我能够第一次把这部书放进书架的最后一排。第二次教师考试完结了，现在这些理论家该可以从我的背上滑下来了。她为什么不对我谈谈她的经验？她想讨好我吗？是要证明她的消息灵通吗？

"玛格丽和托马斯在休息时不用到校园里去。"老年女教师说。

这时青年女教师才注意到有两个孩子留在教室里。女孩齐肘以下装上人造假手。"先天残废的孩子，"老妇人轻声地说，"她可以用假手像别人一样写字。只不过她不宜到校园里去。要是她摔了跤，假手摔坏了，是很费钱的。托马斯是一个邻居男孩，陪着玛丽特，在休息时给她作伴吧。"这儿的人真守旧啊！青年女教师想，为什么不取下那个孩子的假手，让她到校园去同所有其他的孩子一块儿玩呢？

"现在我要把我的橱转让给您，德根小姐。那里面没有多少东西了，只余下主要的存品，"

老年女教师指着墨绿色橱门说："我这五十年来都使用这只橱。"

她用手抚摩一块泼黑色的痕迹，"颜色在这儿起了泡。这要怪一只炮仗，"老年女教师说。"爱德温用一根线把它系在橱柜的钥匙上，在休息时把它点燃的，当时我不在这儿。要不，他是不敢干的。今天爱德温已经是磨坊街一带溪路拐角上加油站的职工了。我常常驾车去加油。他现在自然不能在加油泵旁边玩弄鞭炮了。"

我完全不晓得她有辆汽车，青年女教师想，毫无疑问，她再也不行屈膝礼了，可是以她那种年龄还蓄着时髦的短发。不过，一辆汽车呢？我真不敢相信她会有。

"喏，这儿的一些花瓶我都赠给您，女同事，"老年女教师说，"橱的上两格抽屉里塞满了花瓶。有瓷的，铬的，玻璃的，陶土的，铜的。都不大，宁可说是小瓶儿，有环，有栓，有方格的，有条纹的小瓶儿；有圆腰的，有长颈的，有弯脚的，有腰部带柄的小瓶儿。"

青年女教师被对方塞了一件工艺品在手里。这是一件仿古的双耳陶瓮，上面有题词：伊比查草药利口酒。

"我把这些花瓶赠给您。老年女教师说。

"所有的吗？"年轻的那位问。

"所有的，"年老的那位答。

"多谢。"

千万别表示反对，青年女教师心里想。我今天就可以通知看守人。叫他把抽屉打扫干净。

"不过我得把纪念品带走，"老年女教师说。"您瞧见中间的抽屉了吗？里面尽是纪念品。这一切都充满着回忆啊。"

青年女教师注视老年女同事把东西一件一件地从抽屉里取出来，放进结上有墨浸了的字迹：祝贺赫德维希·埃尔韦特小姐的命名日——1952 年。

从那两个孩子的角落里传来叫嚷声。女教师们转过身去一看，原来是那个先天残废的孩子用假手打男孩的头。

"喂！"老年女教师喊道，"托马斯，朗读一点什么给玛格丽特听吧。"她对青年女教师说："玛格丽特有时显得不耐烦。这并不奇怪，我们只好原谅她。"

老年女教师继续在放纪念品的抽屉里翻找。青年女教师走到窗口边去。

"读点别的，"玛格丽特说，"还是读那三个孩子住的房屋燃烧的故事吧。"

"我前星期可是已经读过了呀，"男孩说。然而接着他还是顺从地朗读了："三个孩子躺在屋顶小楼里的草垫上。妈妈拿着蜡烛走来，为了给孩子们一个道晚安的吻。这时最年长的孩子说，把蜡烛放下，再讲一个故事给我们听吧。妈妈把蜡烛放在草垫旁边，讲起风暴的故事，风暴在港湾里迷了路。风暴从老远老远的地方来，从黄海来。它在中国很熟悉。可是它在北海既不认识岛屿，又不认识灯塔，既不认识海岸，又不认识鱼虾，既不认识海鸥，又不认识河口……"好啦，我说完了，"老年女教师说。"德根小姐，您可以接收这只橱了。祝您领导班级成功。我早说过，他们统统是可爱的孩子。根本上可爱的孩子。您得注意，您的放纪念品的抽屉多么快就会装满了。"

青年女教师从窗口转过身向老小姐走来，伸手给她。伸手是困难的，因为老年女教师除了沉重的公文包而外，还贴身带着一些小匣和纸盒。

"再见，孩子们！"女教师大声说。

"再见，埃尔韦特小姐，"孩子们说。他们好像是在同声朗诵：再——见——埃——尔——韦——特——小——姐。也许班级每天都是这样向女教师告别的。

青年女教师在老年小姐的身后关上门。托马斯在角落里念道"……风暴穿过屋顶窗口，把草垫旁边的蜡烛刮翻了……"青年女教师走到橱边，橱还是开着的。有一朵人造玫瑰花掉了下来。女教师把它拾起来。这时她发现橱子的最底层一格抽屉里有只铁皮盒。盒里装满纸条。女教师读最上面的一张纸条：埃尔韦特，灰色老乌鸦，你滚到梅勒去吞食生菜吧。在第二张纸条上有如下的韵句：啊，老天爷，请，请您惩罚老埃尔韦特！

其余的纸条上也都写着类似的咒骂语句，是用各种文体写的，绝大多数都写得整齐清洁，就和老年女教师给他们写的那样。托马斯念："……草垫发出噼噼啪啪的声音。倒不是有个孩子在上面转动，而是脚底着火了……"

青年女教师砰然一声关上铁皮盒，向门口跑去。

"埃尔韦小姐！"她中断了喊叫。她本想喊：埃尔韦特小姐，您还忘掉了一点东西。但她又反过来想，为什么我还让她负担这只铁盒呢？也许是她故意留在这儿，留在这最底层的抽屉里的吧？可是这么多的纸条！比花瓶还多。青年女教师把铁盒放进那个空的放纪念品的抽屉里去。这是基石，她想。

托马斯念道："……一下子顶楼充满了烟火，母亲和三个孩子连喊带叫都来不及了。男人们从左邻右舍跑来帮忙。但是上顶楼的梯子已经烧焦了。当咆哮的风暴摇撼着燃烧的房屋……"

"休息完了，小姐，"托马斯说。青年女教师没有注意到铃声响了。

诚实致富记

[荷兰] 埃·赞特涅夫

　　我的外祖父是个和蔼可亲的人。可是当初造物主分发智力的时候，他准是不在场。我直到现在还奇怪，靠他挣得的那么一点钱，外祖母怎么能维持一家人的生活。

　　从前我们一家大小都挤在一幢小房子里，一个个骨瘦如柴。我们孩子吃起饭来从来不用大人哄！实际上我每次从母亲那儿吃过午饭之后，总要到楼上外祖母那儿再吃上一顿，然后去看望伯莎姨妈。她和我们仅隔几个门。这样我就可以在她那儿再找补点儿。

　　我还是在十五岁那年到城里一家店铺当了学徒以后，才尝到熟苹果是什么味道。在那以前，村里的苹果总是熟不了——因为它们没这个命啊。那些苹果可真酸，酸得我们的眼泪直淌，但现在的苹果吃起来再也没有从前小小的青苹果那样津津有味了。

　　整个童年时代只有一次我算是吃得心满意足：那天伯莎姨妈忘了锁碗柜，谁知被我发现了炸面圈，我一下子偷走并吞下了二十二个。打那以后，他们从来没有忘记这事，也不肯原谅我。几年过后，每当我回家团聚时，还总有人大声嚷嚷："当心炸面圈。"

　　有一天，财神爷突然冲着外祖父微笑了，你也许可以想象这对我们来说意味着什么。他乘的火车出了车祸。

　　假如你有幸也遇到一次车祸，而又没有送命的话，那么谢天谢地，你就不愁吃和穿了：铁路局要付赔偿费了！那些走运的乘客完全懂得该怎么办。他们开始呻吟，在地上打起滚来，等待医生和担架到来。

只有外祖父没这么做！

他的饭量比我们全家人加起来还要大，有生以来从不放过一餐饭。当然现在他也不愿破这个例。不会的，先生。他是不会因为区区事故而少吃一顿的。于是他砍了根结实的树枝作拐杖，一路走回家——足足走了三小时！

这时，火车出事的消息已经传到村里了，电报说"无人死亡"。

外祖父果然大步流星、风尘仆仆地走了回来。虽然走了长路，显得有点累，可仍旧手脚利索，笑容满面，因为他恰好赶上吃午饭。见此情景，我外祖母脸上表情的变化简直难以描述。起初她见丈夫安然无恙地回来了，心里的一块石头总算落了地，接着这种宽心的情绪里滋生了一丝怒意，最后变成了勃然大怒。

外祖父错过了一个千载难逢的发财良机！

因此，她旋风扫落叶似地行动起来。还没等外祖父弄清是怎么回事，她就剥掉了他的裤子，把他按倒在床上，尽管他苦苦哀求，都无济于事。外祖母把一块湿毛巾搭在他头上，母亲找来了油——我们家仅有的药——蓖麻油。

外祖父恐惧地叫着，使劲缩进被窝去。可是母亲还是照样捏住他的鼻子，把蓖麻油一股脑儿灌进了他嘴里。可怜的老头！其实他所要的不就是一顿饭吗？但是，一旦他的妻子和女儿下了决心，不管是他还是别的什么人，又能有什么办法呢？

忙完了这阵"护理"，她们就派一个孩子去请医生。一会儿，医生来了，给外祖父作了全面检查。医生正要祝贺他健康状况完全正常，母亲突然出来干预了。

我母亲坚定地朝医生面前一站，昂首挺胸，那个子足有四尺十寸高呢！她毫不含糊地告诉医生说，外祖父遭到严重撞击后得了脑震荡，而且神志完全失常，要不然怎样解释他竟放弃了这个千载难逢的机会呢？医生是不是另有解释？啊？

医生向母亲那神色坚定而又严厉的脸上瞥了一眼。他曾和我母亲打过交道，领教过她的厉害，所以只得退让三分，按母亲的话写了诊断书后，走掉了。

接着她们就耐心等待。两个女人竭尽全力将外祖父安顿在床上，仔细地教他在铁路上来人的时候要说什么，不说什么。而外祖父则调皮地点点头，答应和他们配合。

你在床上放过鳗鱼吗？外祖父就活像条鳗鱼，不时地溜下床来，弄得娘儿俩毫无办法，最后只好把他的裤子给藏了起来。但他却买通一个孩子替他找来了裤子，因此还是下了床。

就在他下床之际，突然外面响起了一阵等待已久的喧闹声。透过窗户，我们看见了那些铁路调查员，全村老小毕恭毕敬地跟在后边，想看看有什么结果。

慌忙中，外祖父连同他的裤子、靴子等穿戴统统被塞进了被窝，被子一直拉到他的下巴，帐子也放了下来，那只蓖麻油瓶子放在床上最显眼的地方。然后调查员才被请进屋来。

一开始事情就很清楚，外祖父早把她们反复嘱咐的事给忘得一干二净了。他微笑着表示欢迎贵宾们的到来，接着就向他们庄严大方地说了几句恭维话，然后又把话题转到天气和庄稼上。好不容易医生才插上嘴问他究竟哪儿受了伤。这时，母亲指着自己的脑袋拼命向他提示。

"啊呀！"外祖父带着天使般的微笑说道，"我的伤只要给我十万盾，就可治好了。"

母亲当场就晕了过去，外祖母则尖叫着冲出屋去。这可苦了那几位赔款调解人，他们笑得前俯后仰，半天直不起腰来。

他们好不容易忍住笑，设法使我那可怜的母亲苏醒过来，然后就给了外祖父五千盾——这一下外祖父成了村里最大的财主！可是直到临死，他都没弄清，他们为什么要给他那笔钱。

玛 莎

[俄国] 屠格涅夫

许多年以前，我住在彼得堡时，每次雇街头马车，我总要和马车夫聊聊天。

我特别喜欢和夜间的马车夫谈话，他们都是近郊的贫苦的农人，赶着拉着上过赭色油漆的小雪橇羸弱的瘦马，来到京城，希望挣些糊口的费用，凑些钱还地主们的代役租。

那一天，我就雇了一个这样的马车夫——他是个 20 岁光景的小伙子，身材高大，体格匀称，仪表堂堂。他有一对蓝色的眼睛，红润的面颊，他那一直戴到眼眉边的带补丁的帽子下边，露出卷成一个个小圈圈的淡黄色头发。而且，他那魁伟的肩膀怎么能穿得上这么一件褴褛的厚呢上衣！

然而，马车夫那漂亮的、没有胡须的脸上，露出悲伤和郁闷的神情。

我和他攀谈起来。从他的话语里，也听得出他的悲伤。

"怎么啦，兄弟？"我问他，"你为什么不愉快？难道有什么不幸吗？"

小伙子没有马上回答我。

"是的，老爷，是的，"他终于说道，"再没有什么比这更不幸的了。我死了妻子。"

"你爱她……爱自己的妻子吗？"

小伙子没有回过头来看我，他只是低下头。

"我爱她，老爷。已经过去 7 个多月了……但我还不能忘掉。我心里难过……真是啊！她为什么竟会死去呢？她年轻！健壮！仅仅一天功夫，她就给霍乱病夺走了。""她待你好吗？""唉，老爷！"贫苦的农人沉重地叹了口气，"我和她在一块儿生活得多么和睦啊！她死时我不在家。所以，我突然在这儿听到这个消息时，人们已经把她埋掉了——我立刻赶回村里去，赶回家里去。等到我回来，已经是半夜啦。我跨进自己的小木屋，站在屋子中间，就这样小声地说：'玛莎！玛莎呀！'只有蟋蟀的吱吱叫。我不觉哭起来，坐在小木屋的地板上——还用手掌拍了一下地板！我说：'你这贪得无厌的东西……你吞噬了她……也把我吞噬掉吧！唉，玛莎！'"

"玛莎！"他突然压低嗓子又叫了一声。他没有放松手里的缰绳，用手套揩了揩眼泪，抖了抖它，放到一边，耸了耸肩膀——就再也没有说一句话了。

我跳下雪橇时，多给了他剩下的 15 戈比。他深深地向我鞠了一躬，双手抓着帽子——随后踏着街上空荡荡的雪地，在一片严寒的灰白色的雾里，小步慢慢地挣扎着走去。

妹　妹

[前苏联] 伊·涅亚钦科

　　我知道我的同事有一个妹妹，因为她来克里米亚休假已经不止一次了。但不知为什么她从来不叫他谢尔盖，而是叫他维克托。"这是怎么回事？"有一次我问他，于是他给我讲了下面这个动人而又带点戏剧性的故事。

　　1941 年秋天，他还是个 15 岁的小伙子，刚加入共青团便被疏散去大后方。扎波罗什地区一个集体农庄的财产也同车运走。

　　他说："沿途遇到好几次轰炸。损失惨重。我听天由命，最后来到了克拉斯诺沃德斯克，是一辆'塔吉斯坦'运货车把我们从马哈奇卡送到这里的。我刚下货车，突然，街上一个妇女哭喊着冲我扑过来：'维克托！维克托！我的孩子呀！……'我说：'我是谢尔盖，您认错人了。'可她还是一个劲地叫我维克托。旁边站着另一位妇女，怀里抱着一个小女孩，她向我解释道：'你长得很像我们的维克托。一天夜里，在马特维耶夫山山岗附近我们把他弄丢了，列车遭到轰炸，这是我们到达塔干罗格市之前发生的事。'"

　　她们情绪渐渐平静下来，随即便要求我照张相。她们既没有维克托的身份证，也没有维克托的照片，无论是为了寻找维克托，或是为了纪念他，她们一无所凭。但我无论如何也不能掉队，要跟上大队才行，因而没有同意她们的请求。于是那个抱着小女孩的妇女把我拉到一边，向我作了最后一次请求，她说："他已经死了，我和他坐在同一节车厢里，他母亲，也就是我姐姐，还不知道他已经不在人世了，请您别拒绝我们吧。"

"我们找到了照相馆，摄影师咔嚓一下给我照完相，我马上就跑了，后来也就忘了那件事。可是，过了很多年后，突然从家乡来了一封信，信上说：有个叫什么安尼亚的妹妹在找你，我们把你的地址给了她。很快我就收到了一封加急信件，里面有一张信笺，还有我那张相片——真是怪事！字迹我并不认得，信中写道：'这张相片放大挂在我们家里。妈妈说，这是我哥哥维克托，我们应该找到他，妈妈一直到去世时都在等他。不久前，我姨妈也离开了人世，在她留下的书信中我找到了一张与我们家里那张一模一样的相片，但背面却写着：'谢尔盖·卡尔来柯，1941 年摄于彼德罗夫卡'。我寻找遍了整个彼得罗夫卡，好不容易才找到了您。请您告诉我，您究竟是不是我哥哥？或者，您认识我哥？'这时我才想起了那件遥远的往事，并写了一封信给安妮亚，告诉她，在她还是个三岁小女孩时，我便认识她了，维克托已不在人世……但她有个哥，这就是我。从那以后，安妮亚就成了我的小妹妹。"

祖 母

[丹麦] 安徒生

　　祖母很老了，她有许多的皱纹，她的头发很白。不过她的那对眼睛亮得像两颗星星，甚至比星星还要美丽。它们看起来是非常温和可爱的。她还能讲许多好听的故事。她穿着一件花长袍。这是用一种厚绸子做的，它发出沙沙的声音。祖母知道许多事情，因为她在爸爸和妈妈没有生下以前肯定早就是活着的——这是毫无疑问的！祖母有一本圣诗集，上面有一个大银扣子，可以把它锁住，她常常读这本书。书里夹着一朵玫瑰花；它已经压得很平、很平了。它并没有像她玻璃瓶里的玫瑰那样美丽，但是只有对这朵花她才露出她最温柔的微笑，她的眼里甚至还流出泪来。

　　我不知道，为什么祖母要这样看着夹在一本旧书里的一朵枯萎了的玫瑰花。你知道吗？每次祖母的眼泪滴到这朵花上的时候，它颜色立刻就又变得鲜艳起来。这朵玫瑰张开了，于是整个房间就充满了香气。四面的墙都向下陷落，好像它们只不过是一层烟雾似的。她的周围出现了一片美丽的绿树林，阳光从树叶中间渗进来。这时祖母——唔，她又变得年轻起来。她是一个美丽的小姑娘，长着一头金黄的鬈发，红红的圆脸庞，又好看，又秀气，任何玫瑰都没她这样新鲜。可是她的那对红眼睛。那对温柔的、纯洁的眼睛，永远总是那样温柔和纯洁。在她旁边坐着一个男子，那么健康，那么好看。他送给他一朵玫瑰花，她微笑起来——祖母现在可不能露出那样的微笑了！是的，她微笑了。可是他已经不在了，许多思想，许多形象在她面前浮过去了。那个美貌的年轻人现在不在了，只有那朵玫瑰花还躺在赞美诗集里。祖母——是的，她现在是一个老太婆，仍然坐在那儿——在望着那朵躺在书里的、枯萎了的玫瑰花。

现在祖母也死了。她曾经坐在她的靠椅上，讲了一个很长很长的故事。

"现在讲完了，"她说，"我也倦了；让我睡一会儿吧。"于是她把头向后靠着，吸了一口气。于是她慢慢地静下来，她的面上现出幸福和安静的表情，好像旭光照在她的脸上。于是人们就说她死了。

她被装进一具黑棺材里。她躺在那儿，全身裹了几层白布。她是那么美丽，虽然她的眼睛是闭着。她所有的皱纹都没有了，她的嘴上浮出一个微笑。她的头发是那么银白，是那么庄严。望着这个死人，你一点也不会害怕——这位温柔、和善的老祖母。赞美诗集放在她的头下，因为这是她的遗嘱。那朵玫瑰花仍然躺在这本旧书里面。人们就这样把祖母葬了。

在教堂墙边的一座坟上，人们种了一棵玫瑰花。它开满了花朵。夜莺在花上唱歌。教堂里的风琴奏出最优美的圣诗——放在死者头下的那本诗集里的圣诗。月光照在这坟上，但是死者却不在那儿。即使在深夜，每个孩子都可以安全地走到那儿，在墓地墙边摘下一朵玫瑰花。一个死了的人比我们活着的人知道的东西多。死者知道，如果我们看到他们出现，我们该会起多大的恐怖。死者比我们大家都好，因此他们就不再出现了。棺材上堆满了土，棺材里塞满了土。赞美诗集和它的书页也成了土，那朵充满了回忆的玫瑰花也成了土。不过在这土上面，新的玫瑰又开出了花，夜莺在那上面唱歌，风琴奏出音乐，于是人们就想起了那位有一对温和的、永远年轻的大眼睛的老祖母。眼睛是永远不会死的！我们的眼睛将会看到祖母，年轻美丽的——像她第一次吻那朵鲜红的、现在躺在坟里变成了土的玫瑰花的祖母。

一个爱情故事

[瑞士] 克·卡文

在窗子底下唱情歌或者大喊大叫，弄得满城风雨，不用说，我们这儿不兴这一套。

两个人你来我往，如此而已。噢！当然了，免不了有时候会看到两个身强力壮的小伙子像两只公鸡一样地一阵恶斗，但是这并不能赢得人们对他们的尊敬。

并非人们没有感情，不是，而是人们宁愿不显山，不露水，把事情藏在心里，慢慢地琢磨它的味道。

好几年以前，阿尔贝死了女人，她给他留下一个 16 岁的儿子。雷阿死了丈夫，身边也有一个和阿尔贝的儿子年龄相仿的小子。阿尔贝和雷阿是在合唱队里认识的，因此雷阿下午经常到阿尔贝那里去。这事神不知鬼不觉地过去了许多年。两个孩子找了老实的姑娘结了婚，并且两个姑娘是表姐妹。他们经常一起出去玩，一起去采花，采蘑菇，一个邀请父亲，一个邀请母亲，全然不知两位老人彼此之间的熟悉程度超出他们的想象。

两年以后他们才发现他们彼此有意，阿尔贝和雷阿结果什么都承认了。还说他们正想组织个家庭。孩子们打心眼里高兴，两个老人于是想应该把事办了。又拖了几个月之后，他们去登结婚启事。

可就在这个节骨眼上，阿尔贝却一下病倒了，还病得不轻。婚礼只好推迟了。后来虽然阿尔贝病好了，但他却不谈结婚的事。雷阿也没有任何表示。等他们再次决定要结婚的时候，两人都已经70岁了。孩子们有些在暗中笑他们了。他们又去登结婚启事。

又在这个节骨眼上，离婚礼还有一个星期的时候，雷阿的哥哥去逝了。自然服丧期间是不能结婚的，何况雷阿甚感悲痛。这么大年纪，别人的死会对她有压力。至少是个信号。结果像上次一样。结婚的事又放下了。等到孩子们费尽九牛二虎之力说服他们同意结婚的时候，阿尔贝已经85岁了。可是两个老人却热情不高。

"噢！你们不知道，这事拖了45年了，你们想……"

话是这么说，可他们还是去登了结婚启事。

这又是一个节骨眼，结婚那天上午，他们忘了，没有去参加婚礼。从那天以后，他们再也不愿意提结婚的事了。

阿尔贝活到了92岁，死于一场事故。那是春天的一个早晨，他早早地起了床。来到铁路的路基上，他没有听见日内瓦到苏黎世的快车到来。当人们把他抬起来的时候，他为雷阿采的紫罗兰飘落了一地……她只比他多活了半个月。

我跟您说，乡下的人并非没有感情，他们只不过把它藏在心里罢了……

斯佩林太太的闲聊——邪恶的富人

[瑞士] 索·德洛辛

"早安，你身体好吗？"这个话，我是不说的。我只说："你好，你要多少？"贪婪的眼睛老是盯着我的利润，他们痛恨我总是等待、等待。我也就在这些市侩们的包围之中，千方百计地摸索着寻觅有哪一个人是什么也不要求的：不要地位，不要人家推崇，不要威士忌酒，不要伴侣，不要业绩，不要恭维，不要人家关怀，也不要任何问题，总之，没有任何要求。你明白了？——什么也不要。但是敢于用脚去践踏路易十五留有签名的椅子，而且用乔治三世的银制盐瓶去作打弹子的游戏，这就是我认为应该做的事情（如果能用缎子做的压脚被来擦抹……那当然更好。

"你的灵魂，你想把你的灵魂变成了什么呢？"

"啊，你看，你就提出来了某个要求。在我阴森森的住房里东跑西蹿的老鼠尚且还要求一粒面包屑呢？"

俄勒冈州火山爆发

[瑞士] 瓦·弗洛特

"喂，是得克萨斯信使报吗？我是贝德尔·史密斯！请立即记下：我永远难忘的俄勒冈州的这场经历，火山爆发……"

"怎么回事？"新来的编辑沃克问道，"喂，喂，接线员！"

"通往俄勒冈州线路突然中断了，"电话局总机报告说，"我们马上派故障检修人员出发检查。"

"大概要多久？"

"哦，您得作好一两个小时的打算。您知道，线路是穿过山区的。"

"完了！"沃克沮丧地说道，并沉重地跌坐在他的软椅上。

"什么叫完了？！"主编怒气冲冲地说道。

"您是一名记者还是一个令人丧气的半途而废的家伙？！您不是已经收到报告了吗：俄勒冈州地震！这一消息我们起码比民主党人报和先驱报早得到一小时。这一回我们可要打他们一个措手不及了……！今天下午当我们独家登出俄勒冈州地震的现场报道时，他们会嫉妒得脸色铁青的。"

他从书柜里取出一卷百科全书。"我要让您看看这事该怎么做！埃丽奥尔，请您作好口授记录的准备！现在，您这个也算是记者的人过来瞧瞧吧！这儿，俄勒冈……海岸地带……山脉……有了，道森城这一带有几座已经熄灭的火山……

"噢，看来是这里，您把地图拿过去，抄下四周区镇的地名。"他跳了起来，猛地拉开通向印刷车间的门。

"希金斯！您马上过来！给我把头版的新闻全都撤去！我要加进一篇轰动全国的报道！还有，这次要比平常提前一小时出报。"

他叼起一支香烟，大步地在屋里走来走去。

"您写下！通栏标题：俄勒冈州地震！电话联系中断！贝德尔·史密斯为得克萨斯信使报作独家现场报道。

上午时分。在俄勒冈州地区出现了极为可怕的景象。有史以来一直十分平静的巨峰巴劳布罗塔里火山（名字以后可以更正）忽然间喷发出数英里高的烟云。就这么写下去——这里是有关火山爆发的资料的描述，剩下的您就照抄好了，反正总是老一套。

您让沃克把熔岩可能流经的区镇地名读给您听。别忘了写一写人，诸如一个在最后一瞬间被救出来的孩子啦。一个拖着小哈巴狗的老妇人啦等等。

最后：得克萨斯信使报呼吁各界身遭不幸的灾民慷慨解囊。捐款者填好附列的认捐单，将钱款汇往指定的银行账号即可。若填上认捐单背面的表格，您同时还有机会以优惠价格订阅全年的得克萨斯信使报。这样您家里就有了一份消息最灵通的报纸。通过报道俄勒冈州灾难这一事实即已雄辩地证明本报拥有最迅速、最可靠的信息来源。"

排字机嗒嗒作响，滚筒印刷机里飞出一页页印张，报童喊哑了嗓子，布法罗市的居民们从报童的手中枪过一份份油墨未干的报纸，转瞬之间当天的报纸全部售完。

三小时后通往俄勒冈成电话线路修复。电话铃声响了，沃克、主编和女打字员同时拿起耳机。

"喂！是得克萨斯信使吗？"响起了贝德尔·史密斯的声音，"那好，请马上记录：我永远难忘在俄勒冈州的这场经历。火山爆发也不如此刻的吉米·布蒂德雷这般厉害，今晨他在富尔通拳击场频频出击，把俄克拉荷马的重量冠军瓦尔特·杰克逊打得落花流水。在第三局中他以一连串的上钩拳、猛击拳和凌厉而干净利索的直拳将对方击倒在地……喂……喂……您在听我说吗？您听清楚我说的话吗？"

"请等一下，贝德尔，"沃克说道，"主编刚才晕过去了。"

一杯咖啡

[瑞士] 魏格曼

他走到一家咖啡馆门前，刚进得门儿，一股劣质葡萄酒的难闻气味扑鼻而来。

他向四周扫了一眼，墙上装有自动售货机，他想喝一杯咖啡，便如数把硬币放进投币口。但没有反应，不见杯子送出来，也听不见机器的工作声。他轻轻触了一下"退款"按钮，硬币也不见退出来。他有些沉不住气了，用手拍打无动于衷的投币口，继而用拳头敲打，一下，二下，三下……。自动售货机好像一头不懂人事的动物，毫无反应。

他向咖啡馆内瞥了一眼，看见一名女招待，身着浅红色的工作服，一头精心制作、发型别致的金黄色的假发，面部毫无表情，目光呆滞，给人一种矫饰之感。

"对不起，对面那部售货机失灵了。"他说。她连眼皮也不抬一下："我认为您投币的方法不正确。"他站在那儿。一筹莫展，只得又向售货机走去，继续敲打。

"嗨！你是想把机器砸坏还是怎么着？""金黄色"的声音。他转过身："这家伙坏了，什么也出不来，我的钱还在里边。"

"金黄色"走过来，按了下"退款"钮，硬币没有出来，她随后问道："您想喝什么？""一杯咖啡。"

她又按了一下"咖啡"钮，依然什么也没有。"金黄色"耸了耸肩：

"你还得交一次钱才行。"

"不行，我不干，我要取回我的钱！"

"金黄色"不屑地一笑："你说什么？你来钱也太容易了！谁能证明你投过硬币？"

"金黄色"撇了一下薄薄的嘴唇，代替回答。他恼羞成怒，用拳头擂打桌面，大喊大叫："这简直是骗局！你要不给钱，我可自己拿啦！"

"试试看吧！""金黄色"幸灾乐祸地说。

一个顾客走过来，证明他确实投过钱。另一个似乎是女招待的熟人说，自己随便取钱的事在这个咖啡馆里从未有过。第三个则不偏不倚，在中间调和。

声音越来越响，言词一秒钟比一秒钟激烈，关系到这杯咖啡的内容越来越少。

继而两对拳头开始相撞，然后便是大打出手，只见桌椅飞舞，酒杯相击，咒骂、喊叫、呻吟混成一片。

结局不难想象，当警察开车赶到时，"战斗"已经结束。咖啡馆一片狼藉。

受伤的当然是这幕闹剧的两名主角，他们躺在担架上退场了。

一切恢复了往常的寂静。在死一般的寂静中，只有塑料杯子正卡在售货机的送杯口，机器在工作，清清楚楚地听见最后一滴咖啡落进杯子里，一杯咖啡稳稳地被托放在托板上，而且还冒着热气儿呢！

咖啡的泡沫顺着杯口缓缓往外流着，一声不响地漏进自动售货机。

# 疑　病

[瑞士] 弗·德布卢埃

治病不如防病。

爱尔康先生走进药房，他想买一瓶滴鼻净——谁知道他是否得了鼻炎——就在这时候，他发现险些忘了支气管炎。去年冬天他就没能逃过！所以他急忙要了一大堆糊剂、祛痰糖浆、樟脑软膏。"至少在这方面没有任何危险了。"

这颗定心丸还没有吃到嘴里，他的目光便落到了一个他所熟悉的紫色盒子上，上面用黄色的给人以联想的曲线写着 Viraggio 这个字。他知道盒子背面用极小的字写着用药须知和主治何病："旅行不适，神经性呕吐和各种恶心，出发前一小时服用两丸"等等。他并不害怕乘电车、火车和汽车，但是当驿车劲头十足地接近上午的第四个阿尔卑斯山山口的时候，他有时觉得胃里有沉重之感。"有备无患。"

当时正是 1 月，山口在 5 月之前是不会开放的，并且爱尔康先生越来越少使用公共交通工具了。胆小的人不吃亏。

他带着这种信念，自然忘不了要预防腹痛、失眠、真菌病和偏头疼。他请求药剂师给他开一些可以战胜肝病、结膜炎和各种红斑病的药品。他强调自己堪为楷模的谨慎，他尤为注意不去忽视任何禁忌症，无论是为长远计还是为眼前计。他深知对使用止痛剂要格外小心，因为这会引起肠内难以觉察的出血。他庆幸自己曾匆匆地看过孕妇注意事项和有关热带病的说明。但他知道某些药物的危险，它们会出人意料地对垂体和血压产生影响。"甚至有时，"他对药剂师说，"甚至有时它们会引起视觉模糊！"……他经过一阵意味深长的沉默之后说："我是说，我是说，必须提高警惕！您想想，您当然生活在绝对安全之中，您想想，如果有一天……"

"就这些？"

"不用扯那么远，您只要想想一个……"

爱尔康先生终于发现穿白大褂的人在感谢他，他得向他告辞了。但是如果他要不对这个"对我这样好的人"说说他内心的感激，特别是如果他要不对他说，他该是多么羡慕他能够生活在"如此安全"、"远离危险"和"避免那么多疾病侵袭"的环境中的话，他根本无法移动他的脚步。

可惜他不能！话卡在嗓子眼里，或者也许还不到嗓子眼，而是卡在胃里。某种强烈的痛苦撕裂着他的胃壁，如同一把锐利的永不停歇的手术刀。

怎么办？

怎么才能让这个如此精明的药剂师明白，我也许在受着某种癌症的折磨呢？对了，先生？完全正确！癌，或者是一种先发的广场恐怖症。可是您想怎么办呢？别站在那儿不动！说点什么，至少要装作……您总不能借口我没有买相应的解毒剂就这样扔下我不管吧？……说来说去，这是您的职业，而不是我的！您为什么总是这样直勾勾地看着我，好像我吸了毒品？此外，因为……因为……噢……您不能再次……再次……

话始终没能说出来，爱尔康先生仿佛瘫痪了一般。然而，当他想到所有这一切，包括他的生命，大概无药可医的时候，他鼓起了最后一点勇气，离开了药房。

骑桶者

[奥地利] 卡夫卡

　　煤全烧光了，煤桶空了，煤铲也没有用了，火炉里透出寒气，灌得满屋冰凉。窗外的树木呆立在严霜中，天空成了一面银灰色的盾牌，挡住向苍天求助的人。我得弄些煤来烧，我可不能活活冻死，我的背后是冷酷的火炉，我的前面是同样冷酷的天空，因此我必须快马加鞭，在它们之间奔驰，在它们之间向煤店老板要求帮助。可是煤店老板对于我的通常请求已经麻木不仁；我必须向他清楚地证明，我连一星半点煤屑都没有了，而煤店老板对我来说不啻是天空中的太阳。我这回前去，必须像一个乞丐，由于饥饿难当，奄奄一息，快要倒毙在门槛上，女主人因此赶忙决定，把最后残剩的咖啡倒给他，同样，煤店老板虽说非常生气，但在十诫之一"不可杀人"的光辉照耀下，也将不得不把一铲煤投进我的煤桶。

　　我怎么去法，必将决定此行的结果，我因此骑着煤桶前去。提桶者的我两手握着桶把——最简单的挽具，费劲地从楼梯上滚下去，但是到了楼下，我的煤桶就向上升了起来，妙哉，妙哉，平趴在地上的骆驼，在赶骆驼的人的棍下摇晃着身体站起来时，也不过尔尔。它以均匀的速度穿过冰凉的街道。我时常被升到二层楼那么高，但是我从未下降到齐房屋大门那么低。我极不寻常地高高飘浮在煤店老板的地窖顶前，而煤店老板正在这地窖里伏在小桌上写字，为了把多余的热气排出去，地窖的门是开着的。

"煤店老板!"我喊道,"求你给我一点煤吧,我的煤桶已经空了,因此我可以提着它来到这里。行行好吧,我有了钱,就会给你的。"

煤店老板把一只手放在耳朵边上。"我没听错吧?"他转过头去问他坐在火炉旁边的长凳上织毛衣的妻子,"我没听错吧?是一位顾客。"

"我什么也没听见,"妻子说,她平静地呼吸着,一面纺织毛衣,一面舒服地背靠着火炉取暖。

'噢,是的,'我喊道,"是我啊,一个老主顾,向来守信用,只是眼下没钱了。"

"亲爱的,"煤店老板说,"是的,是有人,我不会弄错的,一定是一个老主顾,一个有年头的老主顾,他知道怎样来打动我的心。"

"你怎么啦,亲爱的?"妻子说,她把毛衣搁在胸前,暂歇片刻,"没有人,街上空空的,我们已经给所有的顾客供应了煤,我们可以歇业几天,休息一下。"

"可是我正坐在煤桶旁。"我喊道,寒冷所引起的没有感情的眼泪模糊了我的眼睛,"请你们抬头看看,你们就会发现我的,请求你们给我一铲子煤,如果你们给我两铲,那我就喜出望外了。所有别的顾客你们确实都已供应过了。啊,但愿我能听到煤块在这只桶里滚动的响声!"

"我来了,"煤店老板说,他正要迈动短腿走上地窖的台阶,他的妻子却已经走到了他的身边,拉住他的手臂说:"你待在这儿。如果你还固执己见的话,那就让我上去。想想你昨天夜里咳嗽咳得多么厉害。只为一件买卖,而且只是一件凭空想象出来的买卖,你就忘记了你的妻儿,要让你的肺遭殃。还是我去。"

"那么你就告诉他我们库房里所有煤的品种,我来给你报价格。"

"好,"他的妻子说,她走上了台阶,来到街上。她当然马上看到了我。"老板娘,"我喊道,"衷心地向你问好,我只要一铲子煤,放进这儿的桶里就行了,我自己把它运回家去,一铲最次的煤也行。钱我当然是要全数照付的,不过我不能马上付,不能马上……"

"不能马上"这两个词多么像钟声啊,它们和刚才听到的附近教堂尖塔上晚钟的声响混合在一起，又是怎样地使人产生了错觉啊！

"他要买什么？"煤店老板喊道。"什么也不买，"他的妻子大声地应着，"外面什么也没有，我什么也没有看到，什么也没有听到，只是听到钟敲六点，我们关门吧。真是冷得要命，看来明天我们又该忙了。"

她什么也没看见，什么也没听见；但她把围裙解了下来，并用围裙把我扇走。遗憾的是，她真的把我扇走了。我的煤桶虽然有着一匹良种坐骑所具有的一切优点，但它没有抵抗力，它太轻了，一条妇女的围裙就能把它从地上驱赶起来。

"你这个坏女人，"当她半是蔑视半是满足地在空中挥动着手转向店铺走去时，我还回头喊着，"你这个坏女人！我求你给我一铲最次的煤你都不肯。"就这样我浮升到冰山区域，永远消失，不复再见。

系于一发

[奥地利] 施普林根施密特

　　我们想：让姑妈把秘密公开吧！我们虽年幼，但毕竟长大了，好歹快成年了。有什么事不能对我们说呢。埃弗里纳姑妈真不用对我们保什么密了。就是那个圆的金首饰吧，她用了根细细的链，总是把它系在脖子上。我们猜想，这里准有什么异乎寻常的缘由，里面肯定嵌着那个她曾爱过的年轻人的小相片。也许她是白白爱过他一阵哩。这个年轻人是谁呢？他们当时究竟怎样相爱呢？那时情况又是如何呢？这没完没了的疑问使我们纳闷。

　　我们终于使埃弗里纳姑妈同意给我们看看那个金首饰。我们急切地望着她。她把首饰放在平展开的手上，用指甲小心翼翼地塞进缝隙，盖子猛地弹开了。

　　令人失望的是，里面没有什么相片，连一张变黄的小相片也没有，只有一根极为寻常的、结成蝴蝶结状的女人头发。难道全在这儿了吗？"是的，全在这儿，"姑妈微微地笑着，就这么一根头发，我发结上的一根普普通通的头发，可它却维系着我的命运。更确切地说，这纤细的一根头发决定了我的爱情。你们现在这些年轻人也许不理解这点，你们把自爱不当回事，不，更糟糕的是，你们压根没想过这么做。对你们说来，一切都是那样直截了当：来者不拒，受之坦然，草草了事。

　　我那时19岁，他——事情关系到他——不满20岁。他确是尽善尽美，当然最重要的是，他爱我。他经常对我这样说，我该相信这一点。至于我呢，虽然我俩之间有许多话难以启齿，但我是乐意相信他的。

一天，他邀我上山旅行。我们要在他父亲狩猎用的僻静的小茅舍里过夜。我踌躇了好一阵。我还得编造些谎话让父母放心，不然他们说啥也不会同意我干这种事的。当时，我可是给他们好好地演了出戏，骗了他们。

小茅舍坐落在山林中间，那儿万籁俱寂，孤零零地只有我们俩。他生了火，在灶旁忙个不歇，我帮他煮汤。饭后，我们外出，在暮色中漫步。两人慢慢地走着，无声胜有声，强烈的心声替代了言语，此时还有什么可说的呢？

我们回到茅舍。他在小屋里给我置了张床。瞧他干起事来有多细心周到！他在厨房里给自己腾了个空位，我觉得那铺位实在不太舒服。

我走进房里，脱衣睡下。门没上拴，钥匙就插在锁里。要不要把门拴上？这样，他就会听见拴门声，他肯定知道，我这样做是什么意思。我觉得这太幼稚可笑了。难道当真需要暗示他，我是怎么理解我们的欢聚的吗？话说到底，如果夜里他真想干些风流韵事的话，那么锁，钥匙，都无济于事，无论什么都对他无奈。对他来说，此事尤为重要，因为它涉及我俩的一辈子——命运如何全取决于他。不用我为他操心。

在关键时刻，我蓦地产生了一个奇妙的念头。是的，该把自己'锁'在房里，可是，在某种程度上来说，只不过是采用一种象征性的方法。我踮着脚悄悄地走到门边，从发结上扯下一根长头发，它缠在门把手和锁上，绕了好几道。只要他一触动门手把，头发就会扯断。

嗨，你们今天的年轻人呀！你们自以为聪明，聪明绝顶。但你们真的知道人生的秘密吗？这根普普通通的头发——翌日清晨，我完整无损地把它取了下来！——把我们俩强有力地连在一起了，它胜过生命中其他任何东西。一俟时机成熟，我们就结为良缘。他就是我的丈夫，多乌格拉斯。你们认识他的。而且你们知道，他是我一生的幸福所在。这就是说，一根头发。

老人们

[奥地利] 莱·马·里尔克

　　彼得·尼古拉斯先生在他 75 岁那年已把许许多多多事情忘记了：他不再有悲哀的回忆和愉快的回忆，也不再能分清周、月和年。只是对一天中的变化，他还算依稀有点印象。他目力极差，而且越来越差；落日在他看来只是一个淡紫色光团，而早上这个光团在他眼里又成了玫瑰色。但不管怎么讲，早晚的变化他毕竟还能感觉出来。一般地说，这样的变化使他讨厌；他认为，为感觉出这变化而花力气，是既不必要而又愚蠢的。春天也好，夏天也好，对于他都不再有什么价值。他总归感到冷，例外的时候是很少的。再说，是从壁炉取暖，还是从阳光取暖，在他也无所谓。他只知道，用后一种办法可以少花许多钱。所以，他每天便颤颤巍巍地到市立公园去，在一株菩提树下的长木椅上，在孤老院的老彼庇和老克里斯多夫中间，晒起太阳来。

　　他这两位每天的伙伴，看模样比他年岁还大一些。彼得·尼古拉斯先生每次坐定了，总要先哼唧两声，然后才点一点脑袋。这当儿，他左右两边也就机械地跟着点起头来，好像受了传染似的。——随后，彼得·尼古拉斯先生把手杖戳进砂地里，双手扶着弯曲的杖头。再过一会儿，他那光光的圆下巴又托在了手背上。他慢慢向左边转脸去瞅着彼庇，尽目力所能地打量着他那红脑袋。彼庇的脑袋就跟个过时未摘的果子似的，从臃肿的脖子上耷拉下来，颜色也似乎正在褪掉，因为他那宽宽的白色八字须，在须根处已脏得发黄了。彼庇身体前倾，胳膊肘支在膝盖上，时不时地从握成圆筒形的两手中间向地上吐唾沫，使他面前已经形成一片小小的沼泽地。他这人一生好酒贪杯，看来注定要用这种分期付款的方式，把他所消耗的液体都一点点吐出来吧。

彼得先生看不出彼庇有什么变化，便让支在手背上的下巴来了一个180度的旋转。克里斯多夫刚刚流了一点鼻涕，彼得先生看见他正用歌特式的手指头儿，从自己磨得经纬毕现的外套上把最后的痕迹弹去。他体质孱弱得难以置信；彼得先生在还习惯于对这事那事感到惊奇的时候，就反复地考虑过许多次：骨瘦如柴的克里斯多夫怎么能坚持活了一辈子，而竟未折断胳膊或腿儿什么的。他最喜欢把克斯里多夫想象成一棵枯树，脖子和腿似乎都全靠粗大的撑木给支持着，眼下，克里斯多夫却够惬意的，微微地打着嗝儿，这在他是心满意足或者消化不良的表示。同时，他在没牙的上下颚之间还老是磨着什么；他那两片薄薄的嘴唇，看来准是这样给磨锋利了的。看样子，他的懒惰的胃脏已经消化不了剩下的光阴，所以只好尽可能这样一分一秒地咀呀，嚼呀。

彼得·尼古拉斯先生把下巴转回了原位，睁大一双漏泪眼瞅着正前方的绿荫。穿着浅色夏装的孩子在绿树丛中跳来跳去，像反射的日光一般晃得他很不舒服。他耷拉了眼皮，可并没打瞌睡。他听见克里斯多夫上下颚磨动的轻轻的声音和胡子茬儿发出的切嚓声，以及彼庇响亮地吐唾沫和拖长的咒骂声。彼庇骂的要么是一只狗，要么是一个小孩，他们老跑到跟前来打搅他。彼得·尼古拉斯先生还听见远处路上有人耙砂砾的声音，过路人的脚步声以及最后附近一只钟敲12点的声音。他早已不跟着数这种声了，可他却仍然知道时间已是正午；每天都同样地敲呀，敲呀，谁还有闲心再去数呢。就在钟声敲最后一下的当儿，他耳畔响起了一个稚嫩可爱的声音："爷爷——吃午饭啦！"

彼得·尼古拉先生撑着手杖吃力地站起身来，伸出一只手抚摸那个10岁小女孩的一头金发。小女孩每次都从自己头上把老人枯叶似的手拉下去，放在嘴唇上吻着。随后，她爷爷便向左点点头，向右点点头。他左右两边也就机械地点起脑袋来。孤老院的彼庇和克里斯多夫每次都目送着彼得·尼古拉斯先生和金发小姑娘，直至祖孙二人被面前的树丛遮住。

偶尔，在彼得·尼古拉先生坐过的位子上，躺着几朵可怜巴巴的小花儿，那是小姑娘忘在那里的。瘦骨嶙嶙的克里斯多夫便伸出歌特式的手指去拾起它们来，回家的路上把它们捧在手里，像什么珍宝似的。——这时候红脑袋彼庇就要鄙夷地吐唾沫，他的同伴羞得不敢瞧他。

回到孤老院，彼庇却抢先进卧室里去，就跟完全无意似地把一个盛满水的花瓶摆在窗台上，然后便坐在一个黑暗的角落里，等克里斯多夫把那几朵可怜巴巴的小花儿插进花瓶中去。

手 表

[比利时] 尚·戈西尼

　　昨天晚上，我放学回来以后，邮递员来了。他给我带来一个包裹，里面是外婆给我的礼物。这个礼物可了不得啦，保证你猜也猜不到：是一只手表！太棒了！小朋友们又要眼馋了。爸爸还没有回家，因为今天晚上他要在单位吃饭。妈妈教我给表上弦，然后把表给我戴在手腕上。幸好今年我已经学会看钟点了，不像去年小的时候。要是还像去年一样，我就老得问别人："我的手表几点了？"那可就太麻烦了。我的手表可好玩了，那根长针跑得最快，还有两根针要仔仔细细看好久，才能看它们动一点儿。我问妈妈长针有什么用，妈妈说，在煮蛋的时候，长针可有用了，它能告诉我们鸡蛋煮熟了没有。

　　7 点 32 分，我和妈妈围着桌子吃饭。太可惜了，今天没有煮鸡蛋。我一边吃饭一边看我的手表。妈妈说汤要凉了，叫我快点吃。长针只转了两圈多一点儿，我就喝光了汤。7 点 51 分，妈妈把中午剩的蛋糕端来了。7 点 58 分，我们吃完了。妈妈让我玩一会儿，我把耳朵贴在手表上，听里面发出的滴答声。8 点 15 分，妈妈叫我上床睡觉。我真开心，差不多和上次给我钢笔的时候一样开心。那次弄得到处都是墨水。我想戴着手表睡觉，可妈妈说这样对手表不好。我就把手表放在床头桌上，这样只要我一翻身就能看到它。8 点 18 分，妈妈把电灯关了。

　　咦，太奇怪了！我的手表上的数字和指针在夜里发光哪！现在，要是我想煮鸡蛋也用不着打开电灯了。我睡不着，就这样一直看着我的手表。后来，我听见大门开了：是爸爸回来了。我可高兴了，因为我能给他看看外婆给我的礼物。我下了床，把手表戴好，从房间里跑了出来。

我看见爸爸正踮着脚上楼梯。"爸爸，"我大声说，"看看外婆给我的礼物，多漂亮呀！"爸爸吓了一大跳，差一点从楼梯上摔下去。"嘘，尼古拉，"他对我说，"嘘，你要把妈妈吵醒了！"灯亮了，妈妈从房间里走出来，"他妈妈已经醒了！"妈妈对爸爸说，样子不太高兴。她问爸爸吃什么吃了这么长时间。"啊，得了，"爸爸对妈妈说。"还不算太晚嘛。"

"现在是 11 点 58 分。"我很得意，因为我很喜欢给爸爸妈妈帮忙。

"你妈妈可真会送东西。"爸爸对妈妈说。

"都什么时候了，还在说我母亲，何况孩子还在这儿呢。"妈妈满脸不高兴地说，然后叫我上床去乖乖睡一大觉。

我回到我的屋子，听到爸爸和妈妈又讲了一会儿话。12 点 14 分，我开始睡觉了。

5 点 7 分，我睡醒了。天开始亮了。真可惜，我手表上的字不那么亮了。我用不着急着起床，今天不上课。可是我想，我说不定能帮爸爸的忙：爸爸说他的老板老是怪他上班迟到。我又等了一会儿，到了 5 点 12 分，我走进爸爸和妈妈的屋子里，大声喊：

"爸爸，天亮了！你上班又要迟到了！"

爸爸又吓了一大跳，不过，这里比楼梯上保险多了，因为在床上是摔不下去的。可是，爸爸气坏了，就像真地摔下去一样。妈妈也一下子醒了。"

"怎么啦？怎么啦？"妈妈问。

"又是那只表，"爸爸说，"好像天亮了。"

"是的，"我说，"现在是 5 点 15 分，马上就要到 16 了。"

"真乖，"妈妈说，"快回去睡觉吧，现在我们已经醒了。"

我回去上了床。可是，他们还是没有动。我在 5 点 47 分、6 点 18 分和 7 点 2 分连着又去了三次，爸爸和妈妈最后才起床了。

我们坐在桌旁吃早饭。爸爸冲妈妈喊：

“快一点儿，亲爱的，咖啡再不来，我就要迟到了。我已经等了5分钟了。”

“是8分钟。”我说。

妈妈来了，不知为什么直看我。她往怀子里倒咖啡的时候洒到了台布上，她的手发抖。妈妈可不要生病啊。

“我今天早些回来吃午饭，”爸爸说，“去点个卯。”

我问妈妈什么叫“点个卯”。妈妈让我少管这个，到外面去玩。我第一次觉得想上学了，我想让小朋友们看看我的手表呢。在学校里，只有杰弗里带来过一次手表。那只手表是他爸爸的，很大，有盖子和链子，可好玩了。不过，好像家里不许他拿，这家伙惹祸了。那以后，再也没见到大手表。杰弗里跟我们说，他屁股挨了一顿揍，差一点再也见不着我们了。

我去找阿尔赛斯特，他家离我家不远。这家伙是个胖子，可能吃了。我知道他起床很早，因为早饭他要吃好长时间。

“阿尔赛斯特！”我站在他家大门口喊，“阿尔赛斯特！有好东西给你看！”

阿尔赛斯特出来了，手里拿着面包，嘴里还咬着一个。

“我有一只手表了！”说完，我把胳膊举到他嘴里的面包旁边。阿尔赛斯特斜眼看了看，又咽了一口，才说：

“有什么了不起的。”

“我的表走得可准了，它有一根专门用来煮鸡蛋的针。而且，它晚上还能发光呢。”我告诉阿尔赛斯特。

那表的里头呢，是啥？”阿尔赛斯特问。

“这个，我忘了看啦。”

“先等我一会儿。”阿尔赛斯特说着跑进屋里去了。出来的时候，他又拿了一只面包，还有一把铅笔刀。

“把你的表给我，”阿尔赛斯特对我说，“我用铅笔刀把它打开。我知道怎么开，我已经开过爸爸的手表了。”

我把手表递给阿尔赛斯特，他就用铅笔刀干起来了。我真怕他把我的手表给弄坏了，就对他说："把手表给我吧。"可阿尔赛斯特不肯，他伸着舌头，想把手表打开，我上去想把手表抢回来。刀子一滑，碰上了阿尔赛斯特的手指，阿尔赛斯特一叫，手表开了，跟着又掉到地上，那时正好是9点10分。等我哭着回到家，还是9点10分，手表不走了。妈妈抱住我，说爸爸会想办法的。

爸爸回家吃午饭的时候，妈妈把手表给了他。爸爸拧拧小钮。他瞅瞅妈妈，瞅瞅手表，又瞅瞅我，对我说：

"听着，尼古拉，这只手表没法儿修了，不过你还能用它玩。这样反而更好，再也用不着为它担心了，它总是和你的小胳臂一样好看。"

他样子很高兴，妈妈也那么高兴，于是我也一样高兴了。

现在，我的手表一直是4点钟：这个时间最好，是吃巧克力夹心小面包的时间。一到晚上，表上的字还能闪光。

外婆的礼物真了不起。

花园余影

〔比利时〕久·科塔扎

几天前，他开始读那本小说。因为有些紧急的事务性会谈，他把书搁下了，在坐火车回自己庄园的途中，他又打开了书；他不由得慢慢对那些情节、人物性格发生了兴趣。那天下午，他给在园代理人写了一封授权信并和他讨论了在园的共同所有权问题之后，便坐在静悄悄的、面对着种有橡树的花园的书房里，重新回到了书本上。他懒洋洋地倚在舒适的扶手椅里，椅子背朝着房门——只要他一想到这门，想到有可能会受人骚扰就使他恼怒——用左手来回地抚摸着椅子扶手上绿色天鹅绒装饰布，开始读最后的几章。他毫不费力就记起了人名，脑中浮现出人物，小说几乎一下子就迷住了他。他感受到一种简直是不同寻常的欢愉，因为他正在从缠绕心头的各种事务中一一解脱；同时，他又感到自己的头正舒坦地靠在绿色天鹅绒的高椅背上，意识到烟卷呆呆地被夹在自己伸出的手里，而越过窗门，那下午的微风正在花园的橡树底下跳舞。一字一行地，他被那男女主人公的困境窘态吸引住了，情不自禁地陷入了幻景之中，他变成了那山闫小屋里的最后一幕的目击者。那女的先来，神情忧虑不安；接着，她的情人进来了，他脸上被树枝划了一道口子。她万分敬慕，想用亲吻去止住那血，但他却断然拒绝她的爱抚，在周围一片枯枝残叶和条条林中诡秘小路的庇护之中，他没有重演那套隐蔽的情欲冲动。那把短剑靠在他胸口变得温暖了，在胸腔里，自由的意志愤然涌起而又隐而不露。一段激动的、充满情欲的对话像一条条蛇似地从纸面上一溜而过，使人觉得这一切都像来自永恒的天意。就是那缠住情人身体的爱抚，表面上似乎想挽留他，制止他，它们却令人生厌地勾勒出那另一个人的必须去经受毁灭的身躯。什么也没有忘记：托词借口、意外的机遇、可能的错误。从此时起，每一瞬间都有其精心设计好的妙用。那不通人情的、对细节的再次检查突然中断，致使一只手可以抚摸一张脸颊。这时天色开始暗下来。

现在，两人没有相对而视，由于一心执意于那等待着他们的艰巨任务，他们在小屋门前分手了。她沿着伸向北面的小径走去。他呢，站在相反方向的小路上，侧身望了好一会儿，望着她远去，她的头发松蓬蓬的，在风里吹拂。随后，他也走了，屈着身体穿过树林和篱笆，在昏黄的尘雾里，他一直走，直到能辨认出那条通向大屋子的林荫道。料想狗是不会叫的，它们果真没有叫。庄园管家在这时分是不会在庄园里的。他果真不在。他走上门廊前的三级台阶，进了屋子。那女人的话音在血的滴答声里还在他耳里响着；先经过一间蓝色的前厅，接着是大厅，再接着便是一条铺着地毯的长长的楼梯。楼梯顶端，两扇门。第一个房间空无一人，第二个房间也空无一人。接着，就是会客室的门，他手握刀子，看到那从窗户里射出的灯光，那饰着绿色天鹅绒的扶手椅高背和那高背上露出的人头，那人正在阅读一本小说。

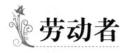

劳动者

[西班牙] 阿索林

　　我要用很少的几行来写一个可怜人的故事，这位可怜人的第一个特点，就是他没有名字。有的人称他的时候说"一个人"，有的是说"那家伙"，又有人则亲热地叫他"叔叔"。可是这位可怜人并不是谁的"叔叔"，至于"一个人"，这世界上是有很多的，而至于"那家伙"呢，全地球的人都可以说是"那家伙"。这一切都可以使读者知道，这位可怜人什么都不是，他没有一点声息，他死了也没有人轻视他，他甚至连名字都没有。

　　现在，让我们看他的住所吧。这人住在乡间，他的家离城很远。他的房子十分小、十分简陋。它有四面土墙，一张床，几把椅子，一张桌子和一两个烹调的案子。房子后面有一个小院子。这在过惯了安适生活的读者们也许觉得冷清，不舒服，凄惨；但是那位可怜人却觉得这是既不好又不坏，他只是漠不关心地活着，也不想有别的东西。

　　这位可怜人的生活是很简单的：在日出以前起来，他在日落两三个小时后睡觉，在这中间，他到田地里去，他劳动，他掘地，他修树，他锄草，他施肥，他割麦，他收获，他打麦，他种葡萄和橄榄。他耕种他自己所有的两三片地。他不能磨橄榄以取油，因为他没有磨；他不能榨葡萄，因为他没有榨床。他把他的橄榄和葡萄卖给那些投机商，按照他们愿给的价。这位可怜人的饮食是很清淡的：他只是吃蔬果，吃番薯，吃乡下做的面包，吃葱，吃蒜，一年至多吃两三次肉；一把核桃或杏仁在他就是最美的盛馔。在工作之暇，这可怜的人便同一个和他一样可怜的人谈谈话。同时手里都编着筐子。他所谈的事，都是很平凡的：他讲到天气、讲到雨、讲到风、讲到霜、讲到霰，有时他也想起他在年轻的时候遭遇的一件无关重要的事。这位可怜人只对于很少的事情有知识。他能从云的样子猜出落雨不落雨，他大略地知道某块田或某块地能出多少谷，以及一对骡子一天能耕多少地；他可以看出一只羊是不是有病；他认识田里和山中一切的草和一切植物：野薄荷、山萝卜、拉芒德草、马若兰草、罗马兰草、甘菊、丹参、尤斯加姆草、油菜；他可以从鸟的落羽，从它们的飞法，从它们的叫声，辨出乡间一切的鸟：鸳鸯、鹌鹑、小鸥、百灵、啄木鸟、鹊、红雀、白画眉、守林官。他的政治观念是很糊涂的，是不清楚的，他有时听到人讲到那些当官的人，但是他不知道他们是谁以及他们做什么事。他的道德观念只是：不加恶于人，尽力工作。

有时，他收成不好，或是一匹骡子死了，或是他家里一个人病了，或是他没有钱纳税，这位可怜人既不悲叹，也不咒骂，他说："呃！我们怎么办？上帝会解救我们脱离困难。"这位可怜人微笑了。他取出他那装着粗烟叶的小袋，做了一个烟卷，抱着两臂开始抽起烟来。

这位可怜人已经老了。他的女人也是一个小的种地老妇人。他们有三个孩子，一个死在古巴的战争，还有一个，是运输工人，也死了，被轧死在两辆货车中间。第三个，是一个女孩，非常和气。有一天，她和她的未婚夫跑到首都去，从此便没有人再见过她。这位可怜人，有时，当他想起这一切时，便发出一声叹息，但是不久他便又高兴起来，又微笑起来，照例叫道："呃！我们有什么办法呢？上帝是这样规定的！"

这位可怜人对于将来没有一点观念。将来是许多人的梦魇和苦痛。这位可怜人并不去想明天。"每天有每天的难处，"《四福音》里说。我们对于今天的难处还觉不够吗？如果我们去管明天，我们岂不要有两份难处吗？这位可怜人只是不抱任何希望、没有欲望地活着。他的眼界只是群山、田野、天空。

光阴将一天一天地过去，这位可怜人也将死去，或者他的女人将在他以前死去。如果他先死去，他的女人，就要剩下一个人了。他的女人也许将到村里去，她将用她的黄手向过路的人请求周济。如果他的女人先死去，他也只剩下一个人，他的可爱的安命心理，仍旧不会离开他。一个叹息时时地从他的嘴唇间发出来，接着他便要喊道："呃！我们怎么办呢？愿一切都随上帝的意思。"

彩 票

[西班牙] 加斯基尔

　　在西班牙，除了斗牛和足球以外，最热门的就数彩票了。几乎每星期都有抽奖，但历史最悠久的则是圣诞节前开彩的那种。头奖为五千万比塞塔，合美元一百二十五万，而且还免税。

　　这种彩票一年四季在西班牙各地出售，每个号码分为一百份，大多数人都只买一份。价值为一美元。中奖号码公布时，西班牙人全都停止工作。废寝忘食，没有心思考虑其他事情。

　　50年代的一天，我沿着马德里的普拉多大街行走，路过一家咖啡馆时，看见人们正在心情紧张地围观公布的中奖号码。像绝大多数西班牙人一样，我也买了一份彩票。当我掏出钱包看自己那张彩票时，手不禁颤抖起来。我的号码是141415。而头奖号码是141414。我从来没中过奖，但这次的号码太接近了……就是我这一份，也可得美金一万二千五百元。

　　接着，我开始回忆这张彩票是在什么地方买的，怎样买来的。我几乎就像自己中了奖那样兴奋。那是那年夏天，我到巴利亚利群岛度假时的事。有一天晚上，我偶然去马约卡岛的帕尔马市的"双狮酒家"去喝酒，像帕尔马的许多居民一样，我很喜欢那个地方。店里凉爽舒适，酒美价廉，而且大家都喜欢年轻的店主赫南多。

　　赫南多虽是店主，但实权却在他老婆手里，她就连赫南多本人也管得很严。我不知道玛丽娅是不是真的比赫南多力气大，但她给人的印象却是如此。她嗓音尖利，酒馆里的一切都休想逃过她那一双锐利的黑眼睛。要是赫南多向一位瑞典金发女郎笑上两次，或想让一位手头拮据的老朋友赊帐，玛丽娅就会说出刻薄的话，或者是狠狠地瞪他。赫南多便会立刻屈服，低声地说："是，亲爱的。"

有一天晚上，玛丽娅回乡探望母亲去了。她一走开，赫南多马上就变成了另外一个人。他的眼睛更加明亮了，抱着吉他自弹自唱时的声音也更加浑厚深沉了。这时，有个卖彩票的小贩走进店来，赫南多便说要看看圣诞彩票还有哪些号码，他迅速地翻阅了一遍，取出一叠套票叫道："好兆头！天上来的好兆头！"

他抓住我的胳臂。"我的美国朋友，你瞧！我是本月 14 日出生的，而这个号码重复了我的生日三次——141414！"

小贩微笑着准备像往常一样把那张占百分之一的彩票撕下来。

"不要撕！"赫南多喊道，"老天有眼，聪明人是不会错过机会的。我把这套一百张全买下来！"

店内立刻鸦雀无声，一套要一百美元的，对一个小酒店来说，可不是一个小的数目。有人在私下议论："玛丽娅会说什么呢？"

赫南多听见这话怔了一下，紧接着他忿忿地大声说："我想做什么就做什么。"

他说到做到，把钱匣中的钱全都倒了出来，可还不够，他又回家去取了些，总算把钱凑足了。那天晚上，差不多每个人都买了一种彩票，我也像往常一样买了百分之一，号码比他大一号：141415。

现在，我漫步在普拉多大街上，心里想着赫南多拿了这笔钱会干些什么呢？他会离开他那泼辣的妻子，卖掉酒馆去过奢华的生活吗？

几个月后，我才得空再次到帕尔马去。飞机在下午三时降落，走出飞机场，我径直奔"双狮酒家"走去，到近处一看，并未发现它与以往有什么不同。

我走进店去，见赫南多独自坐在桌旁看报。看见我，他立刻满面春风地站起来："欢迎，先生，好久没到小店来了！"他连问也没问，便去拿了一瓶我喜欢喝的白葡萄酒来。

"恭喜啊！"我举杯向他道贺，"恭喜幸运的百万富翁！"当我告诉他因见到这里依然如故而喜悦时，他很不自然地笑了。

"不。先生，"他说，"变化还是很大的。你还记得当时有人问我，要是玛丽娅知道了我花那么多钱买彩票会怎么样吗？"我点了点头，示意记得。而他却惋惜地摇头叹息。"那人说得真对！"

原来玛丽娅像野猫一样，又吵又闹，非让他卖掉彩票，收回钱来不可。

"最后我只得让步，先生。"他耸耸肩膀说，一个人不能成天生活在狂风暴雨之中，可是把那么多彩票脱手，谈何容易。幸亏我有朋友，有些顾客也是朋友，他们都来帮忙，最后只剩下了一张，其余全都卖了。她允许我保留一张。

"要是我碰上了这种事，"我说，"开奖后想到放弃的那些彩票，会后悔死的"。

"当时我的心情正是这样，先生。可是，持有其他99张中奖彩票的是谁？都是我的朋友。他们要感谢的是谁？是我赫南多。他们是托我的福发的财。而且我的小店的生意也从来没有像现在这样兴隆过。"

"再说，我虽只有一张彩票，也还得了50万比塞塔。我买了一辆车，买了新衣服，还存了点款。"

"挺好，"我说，"可是你没想过其余那些钱会给你带来什么吗？"

他又笑了。"说真的，先生，有了那么多钱我很可能做出傻事的。就眼下的情况来看，得的这些钱已经给我带来了一亿比塞塔也未必能买得到的东西。"

我听了感到莫名其妙，脸上也肯定露出了这种表情。"你是问我失去了那么多钱有什么感想？"他说，"难道你没想到我老婆有什么感想吗？是她逼我卖掉彩票的，她的感受你可想而知了。"

"现在，"他在椅子里往后靠了靠说，"情形不同了，每逢玛丽娅要吵嚷的时候，我就对她说'141414'，这样，她马上便会想起因她而失去的那份财富，于是就什么也不说了。"

他把瓶中剩下的酒倒进我的杯子，"所以，先生，我已得到了大多数男人花钱买不到的东西。我赢得了安静、婚姻幸福和听话的妻子。"

他在椅子中稍稍转了一下身，呼唤了一声玛丽娅的名字，声调一点都不厉害，但却有着和平的指挥力量。里面那道门的门帘掀开了，玛丽娅走了进来。她与从前不一样了。似乎有了什么微妙的变化，身材也似乎小了些。看上去不亢不卑，不忧不乐，实际上，她变得更快活，更温柔，更有女人的风韵了。

"玛丽娅，"他漫不在意地说，"请给我们拿点酒来。"

她面带笑容地朝酒桶走去，嘴里说："这就拿来，亲爱的。"

堂·纳尔西索的上衣

[西班牙] 何塞·塞拉

　　堂·纳尔西索·科亚多有一条灰色和黑色条纹的裤子，是一条裤口没有贴边的长裤，也就是通常说的剪裁不得法的裤子。他还有一条最考究的宽领带，这确实是所见过的最考究的。

　　堂·纳尔西索·科亚多的上衣，不知是这儿还是那儿总闪着绿色光芒。据它的主人说，这表明它很古老。对他这样的人来说，毫无疑问，过去的一切，不仅是最好的。而且，与当前流行的东西相比，更精粹、更高贵、更有感染力。

　　要使堂·纳尔西索·科亚多百分之百地、完完全全地高兴，还得有婚礼可参加才行。村子里几乎没人结婚，为数不多的几个结婚的人，还不举行婚礼，而是尽量不引人注意地就把事情给办了。

　　堂·纳尔西索·科亚多，自从他那可怜的妻子卡门过世以来（她是被一场严重的流行性感冒送进坟墓的，她到那里养锦葵花去了），他只得着两次机会穿这件上衣：那就是帕基塔结婚的时候，她，就是秘书的女人；还有就是省长路过此地到村里来的时候。省长坐的是一辆相当小的轿车。更要命的是，省长穿着件灰色衣裳，头上戴着一顶软帽。

　　堂·纳尔西索常常吩咐他的管家婆卢西娅，这女人比那件上衣还要古老，年岁与他的这处房产差不多，他叫她把上衣从箱子里取出来，认真仔细地刷干净，吹吹风。

"你瞧，卢西娅，"他对她说，"你甭不信，它要是棉布做的，我就什么都不和你说了。但是，这可是羊毛的。是的，羊毛就好像人一样需要呼吸，要是不呼吸就没命了。"

卢西娅低声嘟哝了一串大不以为然的话和诅咒，而堂·纳尔西索，作为一个很有学问的人，用临时杜撰出来的既凶险又博学的语录来驳斥她。

女佣人拿起上衣气呼呼地对他嚷：

"您是在和拉丁人讲话吧？"

"行了，卢西娅，你这不识字的女人，听着，你知道这话是谁讲的吗？"

"是您，八成是您自己编的。"

"住口，厉害婆，烂舌头，长舌妇，倒霉鬼，长胡子的女人！"

"您闭嘴！"

"我不乐意！你知道不知道在这里谁说了算？你知道那句话是谁说的？"

"不，先生，我不知道。"

"那你还说什么？这是格拉香说的。好好记着：格拉香。"

堂·纳尔西索和卢西娅谁也离不开谁，特别是卡门去世之后。他们吵嘴，互相咒骂，也许有两三天不说一句话。但是最后事情还是恢复原状，水流回槽里。卡门，温驯忠诚的卡门，比以往任何时候都更加仔细地把上衣拿出来吹吹风，于是，堂·纳尔西索便觉得自己的良心在对他低声说：你对卢西娅不好，她是个多好的人呀；你对她不……

"喂，卢西娅，星期天你没出门，是不舒服吗？"

"不是，是因为我得照看上衣。"

"照看上衣？"

"是的，先生。"

堂·纳尔西索·科亚多把头低到脖颈，开始沉思，一言不发，愁眉苦脸。他至少冥思苦想了一个半小时。当他扬起头时，已经变了一副模

样，他的脸色开朗，眼睛发出奇特的光芒，美丽无比的光芒，他呼唤着女仆。

"喂，卢西娅，我必须对你讲一件事情。"

"好吧，先生。"

"一件很严肃的事情，这件事情我想了很久……不，我不会向你求婚，我要向你讲的是另一件事情……那上衣……那……那上衣，你把它送给头一个上门来的穷人。"

母亲的勋绩

[西班牙] 焦·狄森塔

　　骄阳似火，无情地烤灼着宽阔的马路——卡斯蒂利亚的一条官道。在这条道上，行人要想在路边找株小树来乘乘凉，或者找条小溪来解解渴，那是枉费气力。被晒焦的、贫瘠的田野，险峻的、起伏的丘陵，天上光多，地上乐少——这就是苦于焦渴和酷热的大自然的景象，这就是陷于困倦和沉寂之中的大自然的景象。只是偶尔有一群小鹌鹑从收割过的庄稼地里振翅起飞，扬起一团灰尘；大鹌鹑叫得很响，在空中一翻就不见了，而灰尘仿佛被阳光照穿了似的，像金雨一般落到路上。

　　在八月闷热的傍晚，杳无人迹的马路和茫茫无际的田野显得格外荒凉。一小队穷苦的行人在缓缓地行进着。他们被酷热弄得疲惫不堪，给自己扬起的尘埃堵得喘不过气来，被灰尘遮得叫人看不清楚，宛如消失在这片荒野里一样。

　　这一小队行人大概会使看到他们的每一个人都同情和心痛的，但是人们对这样的现象已经司空见惯，并不在意。人们指望上帝发慈悲，可上帝却往往冷眼相待。

　　一小队行人的成员是一个女人，三个孩子和一头毛驴。那个女人嘴巴似张非张，喘着大气，疲劳地缓慢地向前走着。她衣衫褴褛，满身灰尘，光着脚，抱着一个吃奶的婴儿。婴儿给包在一块打过补丁的破布里，两只小手揉着妈妈的乳房，拼命想挤出奶来，哪怕一滴也好。

那个女人年纪很轻，一双乌黑的眼睛闪闪发光，嘴巴鲜红的，雪白的牙齿长得很齐整，身材匀称挺秀。这一切都说明她先前是很漂亮的，可是极端的贫困改变了她的模样，使她未老先衰。她脸上的皮肤变粗了，布满了皱纹，一绺绺又脏又乱的头发粘在汗涔涔的额头上。

这个可怜的女人只有一双动人的乌黑的眼睛还透露出往日的丰韵；这双眼睛此刻正充满着爱凝视着儿子那张黑黝黝的小脸。

跟在那个女人后面有气无力地走着的，是一头皮包骨头的毛头驴，两只耳朵耷拉着，尾巴没精打采地拖着，满身是污泥和杂草。搭在驴背上的两只筐里，在破布堆上，躺着两个孩子。他们彼此迥然不同！小的脸色红润，头往后仰着，睡得很香，在睡梦中不知笑什么。大的5岁光景，发着烧，在那不舒服的床上翻来翻去，常常痛苦得嘴唇歪斜，睁得老大的红肿的眼睛紧盯着母亲。

她们是什么人呢？从哪儿来的？为什么要带着一个生病的孩子走在这杳无人迹的、被无情的太阳晒得火烫的大道上呢？

她们是什么人呢？

是一家无依无靠的吉卜赛人，她们在欧洲到处流浪，沿途乞食。

从哪儿来的？

是从最近的一个村子里来的。这个不幸的女人不敢在那个村子里歇一下脚，甚至也不敢舀一罐水，因为农民吓唬说，如果她不立即离开他们的村子，就要把她这个女乞丐、巫婆、吉卜赛女人痛打一顿。因此她没有讨到一块面包，没有弄到一滴水，就带着生病的孩子走了。这会儿她转过身来，打老远又伤心又气愤地望着那清晰地矗立在地平线上的灰色钟楼。

那个生病的孩子，在当作床的筐里吃力地支起身子，把手伸向那个女人，轻轻地唤道：

"妈妈……"

那个吉卜赛女人浑身抖了一下，向孩子扑过去。

"怎么，亲爱的？"她低声说道，把吃奶的婴儿放在睡着的哥哥身旁，用双手搂住病孩的脖子。

"水！给我喝吧，我很想喝……这儿在火烧，"孩子用小手指指自己难受地挺起的胸部。

"水？"母亲惊恐地重复说了一遍。"我到哪儿去弄呢，孩子？"

"喝，"孩子又要求道，"我想喝……"

他那干裂的嘴唇不由自主地微微张开，而在凝视着母亲的目光中含着那么多的失望和忧愁，使得她脸色发白，失声大哭。

她的儿子，她的亲骨肉，在向她祈求他生死攸关的援助，而她却无能为力。她白白地朝瓦罐看了又看：瓦罐里空空如也。

她瞧了瞧天空，天空里一小片云彩也没有；又急切地望望像荒漠一般的大路、田野、草地、平原，一直到天边都看不到一条小溪，也看不到一口水井。

正在遭灾受难的土地好像露出了它那干得变了样的嘴巴，对那个吉卜赛女人说道："给你儿子喝的水？这儿给谁喝的水也没有。让大家都跟我一样渴死吧。"

母亲将儿子紧紧地搂在怀里，发狂似地反复说着：

"一滴没有，我一滴也没有……我到哪儿去给你弄到水呢，孩子？"

可怜的母亲！在这种荒野里只有一个水源——那就是满含泪水的眼睛。

吉卜赛女人蓦然满怀希望地露出了笑容；在不远的地方她看到了一所修路工的茅屋。窗子和门都关着，这说明主人们不在家。也许屋里还有什么人能帮她的忙吧？那个年轻的妇人奔到门前，疯狂地用拳头把门擂得砰砰直响，可是白敲，没有人答应。她已经精疲力竭，再也没有力气敲，也没有气力喊了，步履艰难地沿着墙走去，拐过屋角，出乎意外地看到地上满满的一钵子水，真是又惊又喜。她又看了一次，高兴得喘不过气来。她没有发觉有一只很大的牧羊狗正在走近那个钵子。狗毛倒竖，龇牙咧嘴，眼睛里露出凶光。它一见女人，就发出呜呜的叫声。她抬头一看，猜到狗的意图，就扑上前去，与狗同时来到钵子跟前。在一刹那间，他们都楞住了，敌对地你看看我，我看看你。那个女人已经把手伸过去，可是牧羊狗抢在她前头一跳，狗身在钵子上面，恶狠狠地露出牙齿。她根本没想到退缩，她准备把水争夺过来。

"嘿，你也想！"她恨恨地嚷道。"瞧着吧，你得不到水的！"她朝着狗脸打了一下。

狗一下子站立起来，咬住她的肩膀，把她弄翻在地。她又怒又痛，禁不住叫了一声，可没有惊慌，也没有退缩；她抓住敌人的喉咙，不知从哪儿来的一股天不怕地不怕的劲头，狠命地握紧了。

狗牙齿咬得越来越深了，可吉卜赛女人使出浑身力气，紧紧地卡住它的喉咙。这场搏斗时间很短促，没有声音，却很可怕。两个敌人在地上翻滚，极力要战胜对方。可就在这时狗呜呜叫着松开了牙齿，身子软了，倒在吉卜赛女人身旁。吉卜赛女人放开了手指。她脸色苍白，气喘吁吁地从地上爬了起来。她身上的衣服一块块地挂了下来，裸露的胸部和肩膀上很深的伤口裂了开来。她并没有感到痛，踢开了敌人的尸体，拿起夺得的钵子，就向儿子奔去。她没有理会肩膀上流下来的鲜血，把水凑近病孩的嘴巴，又亲切又温柔地笑着说道：

"喝吧，孩子，喝吧，亲爱的！"

轻信带来的烦脑

[西班牙] 比德佩

一天夜里，两个惯贼窜入一个富有的骑士的住宅，这位骑士是当地的知名人士，而且以其智慧超人著称。他听见了有人进入宅内的脚步声便醒了。他分析进来的人是窃贼。两个贼刚要打开他住着的那个房间的门，他便轻轻地推醒了妻子，然后小声地说："我听见了两个窃贼的脚步声，我要你一个劲地问我是从什么地方，通过什么办法弄到这么多钱的，你要大点声恳切地问，我要不愿说时，你就连劝带哄，直到我把全部的底细都告诉了你时为止。他的太太也是个聪明精细的人，便开始装腔作势地问起丈夫话来："我说，老爷，你今天晚上就把那个我一直想知道的事告诉我吧。你告诉我你是怎样发了这么大财的。"他支支吾吾地不肯讲实话，但是拗不过她一个劲地恳求，最后他说："夫人，我不理解你为什么非要知道我的秘密？你丰衣足食又有人侍候，还不满足吗？世界上没有不透风的墙，许多事情一说出来就会坏事，过后就悔之晚矣，所以我还是劝你不要多问。"

这番话不仅没有使太太改变主意，反而使她追问得更紧了。最后迫于无奈，骑士说："我们的全部家产——这话可千万不能对任何人泄露——都是偷来的。的确，我的钱没有一分是我自己挣来的。"太太听了不信，逼他讲出详情。"你不相信我吗？那我就把全部经过告诉你：我从小就和一帮小偷混在一起，我的手指几乎不曾有闲着的时候。他们中有一

个人非常赏识我，教了我一身绝技，一念叨他教给我的咒语，就能使我突然抱住月光，然后我从高高的窗户上飞到地面，又抱着月光从地面飞到房顶，就这样我什么时候想得到点东西，什么时候就抱着月光飞上飞下。我把咒语念完七遍，月亮就把房子里的全部钱财和珠宝藏在什么地方显示给我，我就抱着月光飞上飞下地去拿那些宝物。我就是这么发的财，再也没有什么别的秘密了。"

在门口偷听的那两个贼听得入了神，而且对骑士讲的话深信不疑，因为远近皆知这位骑士是一个诚实而有身份的人。贼首恨不得马上试验一下他听来的话是否灵验，他把咒语念了七遍，然后抱着月光跳了下去，他想从这个窗子飞到那个窗子，结果头朝下摔到地上，月亮对他真还算开恩，没有让他摔死，只摔断了他的两条腿和一只胳膊，他疼得大喊大叫，恨自己愚蠢，过于轻信别人的话了。

正当他躺在地上等死的时候，骑士走了过来，那个贼求他饶命，说他最痛心的是竟糊涂到了能轻信这种话的程度，他恳求说，既然他已用话伤了他，就不要再加害于他了。

金翅雀

[葡萄牙] 米·托尔加

　　一家三口人正在不声不响地吃饭，孩子突然开口说：

　　"我找到了一个鸟窝!"

　　母亲抬起头，瞪大了黑黑的眼睛。父亲像往常一样心不在焉，连听也没有听到。也许是为了回答母亲询问的目光。也许是为了引起父亲的注意，孩子又重复了一句：

　　"我找到了一个鸟窝!"

　　父亲总算抬起沉重的眼皮，也开始聚精会神地听儿子说话。

　　孩子高兴了，指手画脚地讲起来。他说，今天下午赶着羊回家的路上，看见一只金翅雀从一棵大白松树树冠里飞出来。他看呀，看呀，在浓密的树枝里搜寻，终于在高处一根树杈上发现有一团黑黑的东西。

　　母亲把儿子的话句句吸入心田，还用整个灵魂吻着可爱的宝贝。父亲则又开始吃饭了。

　　孩子没有在意，接着讲下去。他说，他把羊拴在一棵松树枝上，开始往松树上爬。

　　父亲又抬起疲倦的眼皮，和母亲一样提心吊胆地听着，几乎屏住了呼吸。

　　孩子一直往上爬。巨大的松树又粗又高，他那纤细的身子紧紧贴在树皮上，慢慢往上挪动，每一步都要分两次进行。先用胳膊抱住，接着两条腿尽量往上蜷，最后才停下来，四肢牢牢抓住坚硬的树皮。

用了很长时间才爬上去，中间不得不在结实的树枝上休息三次。现在只能靠手，因为前面都是脆弱的新枝了。

父亲和母亲都惊呆了，谁也没有吱声。就这样，两个人战战兢兢、一声不响地让儿子爬到树上、爬上树冠，用两只天真的眼睛看到鸟蛋——窝里仅有一个鸟蛋。

听到这里，父母的心脏都停止了跳动，完全忘记了儿子在什么地方，似乎还在高高的树巅，紧挨着天际，完全忘记了他脚踏在地上，无需两只胳膊小心翼翼地攀附树枝。突然，两个人看见孩子身子一斜，从高处、从松树顶上栽下来，掉在硬梆梆的地上，看来是必死无疑了。

但是，孩子无意中表明，他站在树巅，完全不曾意识到飘在空中、面临深渊的可怕，并且也没有掉下来。倒是发生了另外一件事：他拿起鸟蛋以后非常高兴，情不自禁地吻了它一下。蛋壳得到了孩子嘴唇上的这点热气，突然从中间裂开了，里面露出一只还没有长羽毛的金翅雀。

说这件怪事的时候，孩子的表情天真无邪，如同复述从邻居那里听来的《出埃及记》的故事一样。

随后，他满怀怜爱地把小鸟放到毛茸茸的鸟巢里。从树上下来了。现在，他心境坦然，非常高兴——发现了一个鸟窝！

晚饭吃完了，屋里气氛严肃，谁也没有开口。后来，一家人回到暖烘烘的壁炉旁边。看着里边燃烧的橄榄木时，父亲和母亲才交谈了几句。他们的话说得晦涩难懂，孩子没有猜透。何必要知道他们说了些什么呢？他只想把那只还没有长出羽毛的小鸟的形象深深保存在记忆之中。

神秘的眼镜

[意大利] 迪·布扎蒂

　　我和日本家画家亚马希达是十五年的老朋友了，他很早就隐居在巴黎。

　　他富于感情，像个大姑娘。他在欧洲长大，信奉天主教。在巴黎他像个花花公子，而不像个画家。他家境富足，可以供他挥霍，他多年不作画，直到四十岁以后才用心作了七八幅画，他的作品相当昂贵。

　　他为人和善、感情外露、才智横溢、富于幻想，又大方、忠厚。他常对我讲四十年前在他故国发生的故事，讲得十分生动有趣。不过他自己也不认为这些寿命全是真的。我们一见面就成了知交，主要原因是我感到他是个神秘人物，那张朦胧的脸叫人捉摸不定。

　　闲话少叙。上星期一——我们已有两个多月没见面了——他来电话找我。当天下午，我走进他的画室。

　　他迎出来说："很抱歉，我要告诉你一件不愉快的事。你知道我在巴黎无亲无故，你是我的最好的朋友，这件事我不愿意随意告诉别人，现在告诉你吧，我快要死了。"

　　"你快要死了？什么病？你疯了吧？"

　　他说："不，我既没有病，也不疯。但我没有几天的活头了，也许只有几小时的阳寿了。至于怎么个死法，我自己也说不清，心肌梗塞、车祸、暗杀都可能。""你干嘛这么想呢，总该有点什么事吧？"

"当然。请你戴上这副眼镜瞧瞧我。"

他打开一个纸盒，取出了一副白金属架夹鼻眼镜。我一戴，不禁惊得说不出话来了。

刚才他还是个精力充沛的壮年人，转眼间就成了弯腰驼背的干巴老头，一点亚马希达的影子也没有了。

我吃惊不小，忙摘下眼镜，我的朋友又恢复了原来的样子。一下子年轻了几十岁。他望着我，脸上露出一丝苦笑。

我又试了三次，情况完全一样。

亚马希达说：

"看够了，还给我吧！现在我来给你解释一下。"

他坐在沙发上，点上香烟，安详地对我讲了下面的故事。

这事发生在二十年前，我当时在东京上大学。有一天，我在郊区散步，不知什么原因，一家眼镜铺把我吸引住了。我是日本人，但我既不远视。也不近视。眼镜铺里摆有照相器材、放大镜、罗盘和各式各样的眼镜，真可谓琳琅满目、物美价廉。样品摆得很乱，有的上面还有灰尘。我发现有一副眼镜标价一百万日元，这就是你刚才试过的这副。是开玩笑，还是标错了价钱呢？也许在镜子下面还有什么贵重东西吧。出于好奇我走了进去。店内有一位其貌不扬的老头儿正在看报。我问：

"您那副眼镜能值一百万元？"

他神态自然地说：

"我知道现在眼镜不太值钱。可这副眼镜非同一般，是用来测量寿命的，这种镜子不多见呀。这是一副旧的，要是新的，一百万元根本买不到。当然，这需要解释一下。你研究过人的衰老问题吗？衰老就是生命的最后阶段，对不对，也就是死亡的前期，在这个阶段，人的体力非常衰竭。我说这是生命的最后阶段，在这里年纪无关紧要。一个战死在沙场的二十岁的青年只是形式上的青年，实际上已经非常衰老了。一个生命只有一个月的婴儿，从第二十八天起就进入了衰老期。形式上年轻与年老只是人类的幻觉。对这个道理很少有人相信。一位即将撞死的司机，尽管他只有三十岁，实际上已经是老年了。一个明天将被雷电击毙的五十岁的人也是实际上的老人。一周后，将被汽车轧死的小伙子应算是老头，即将跌入大海的飞机第二次试飞就算老掉牙了。这种衰老是潜在和看不见的，令人难以理解和不可知的。"

老板又告诉我，但总得有人能知道这种潜在的衰老，像法师和某些有特殊功能的人。但多数人看不出来，这就需要借助于这种眼镜了。只要戴上他，马上就能了解到真实情况。要是某人快死了，在镜子里就是个老态龙钟的人。

"那么这种眼镜是谁造呢？是法师，还是魔鬼？"

我是个头脑爱发热的人，花一百万元买一副眼镜简直不可思议。但我感到好奇，好像心里有什么东西在催我赶快把它买下，似乎命运之神在催促我。我说：

"要是这副眼镜真像您说的那么神秘，我就把它买下来。但怎么才能证明一下它确实有效呢？到哪儿去找即将死亡的年轻人？"

他安详地说：

"先生，您真幸运。请您出门后向右走三十步，那儿有个公园，里面有一位美貌的妙龄女郎，很可怜，因为她染上了白血症。"

我戴上眼镜走出了店门。这里要补充一下，就是不知为什么老板对我这么信任。我走了三十步来到公园。在一条长凳上坐着一位非常漂亮的姑娘，年纪不过十七八岁。我把眼镜往上一推，她一下子就变成一个瘦骨嶙峋、满嘴掉牙的老太太。你想，我当时多吃惊呀，就跟你刚才一样。我简直不敢相信，你刚才是不是也有过类似想法？预见人的死期，这只有在寓言故事里才能找到呀！但我还是决定把它买下来。

后来的事只有鬼才知道。我走回眼镜店，可铺子不见了，二十步，三十步，四十步，我往返了好几趟也没有找到那个眼镜店，它好像一下陷进地里去了，这可真叫人纳闷。我在附近一打听，他们都说这里从来也没有什么眼镜铺。他们还好奇地问我：

"眼镜铺？我们这是第一次听说。"

我没有办法，只好拿着眼镜回家。因为我们日本人对这类事情已经习以为常。

后来我就戴着这副眼镜去看行人。用肉眼看时，体育场里生机勃勃，一戴上这副眼镜，运动员们全都变成了满脸皱纹的老人。这个小游戏令人不愉快。后来我对它也腻了，就锁进了保险柜里。但有时我用它对着镜子检查一下自己，一开始是每月一次，后来改为三个月一次，半年一次，一年一次……我对自己满有信心，认为自己一定能长寿。可是今天上午，我突然发现自己的末日来临了。我发现我胸部炸开了，我知道求药是无济于事的，反抗也没有用。关在家里不出去也不行。总之，这个命运是无法摆脱了。

"可是，你有什么感觉吗？感到疲倦？劳累？"

"什么不适也没有，要是愿意，我翻跟头都可以，我感到从来没有像现在这样健康。然而，我知道自己是世界上最老的人了。我们诀别的时刻终于来临了，我要去了，要和你永别了。现在我还不能把这副眼镜送给你，你现在肯定也不会接受。我把它写在遗嘱里，我一定要把它留给你。你不必拥抱我，不要流泪，不要悲伤。现在请让我安静一会，我还要处理两件事情。"

他把我送到门口，一直等我走进电梯才离去。

我还没有下到楼底，一声爆炸从他室内传了出来。

程序控制的丈夫

[前南斯拉夫] 伊·布德洛

　　清晨五时，佩塔尔被闹钟唤醒，他似乎被毒蛇咬了一口，急忙从床上跳下来。他必须去度周末，绝不能误了火车。妻子和儿子昨天已经走了，倘若他不能按时赶到，他们定会惊慌不安。

　　佩塔尔按了一下闹钟的按钮，钟表下面放着妻子留给他的纸条：亲爱的，打开录音机。

　　佩塔尔立即遵照妻子的指示打开了录音机。刹时间，欢快的流行歌曲在房间荡漾起来，音乐停止后，录音机里传来妻子的声音："早晨好，亲爱的！你睡得怎样？"

　　"这与你有何关？"佩塔尔嘟囔一句，抽起烟来。

　　"马上把烟掐灭！"妻子从录音机里命令道，"到冰箱里取出早餐用的木瓜酱。注意，不要吃起来没完。"

　　他刚刚吃完早饭，妻子的命令又从录音机里飞出来："看看阳台花盆下面的字条。"

　　妻子在字条上提醒他别忘了浇花，详尽地说明如何进行这一美化环境的工作。

　　厨房里的字条警告他及时洗刷碗筷。贴在衣柜门前的字条要求他如何打扮自己：穿灰色的西装，不要忘记扎领带。

　　佩塔尔顺从地将险些忘记的刮脸刀放到旅行包里，便向门口走去，可是房门上的字条威风凛凛地命令道：回去！烟灰缸里还有一只没有熄灭的烟卷。

在房门的另一面上，妻子留下了最后一道命令：检查一下，你是否把门锁好了？

佩塔尔拉了拉门柄，一切符合要求，门已锁好。

在火车站，他走到售票口，把钱递给了售票员。

"我买一张票。"佩塔尔说。

"去哪儿？"售票员问道。

"去哪儿？"佩塔尔迷惑不解地自言自语。下意识地转过头去，寻找妻子。然而，妻子不在身边。

"您是否能告知去何处？难道这也是不可告人的秘密吗？"售票员挖苦道。

这时佩塔尔方才恍然大悟，是妻子忘记告诉他去何处。他张大嘴吸了一口气，慢慢地吐着气，把钱放回衣袋里。

回到家中，他砸碎了录音机，打开了鸟笼，放走了囚禁在笼中的金丝鸟，然后拿出一瓶酒，连鞋也没脱就躺到床上，嘴对着瓶口畅饮起来，脸上泛起了甜蜜的微笑。

一个老人的问题

［埃及］穆·阿里

酒店快关门的时候，一个衣衫褴褛的老汉迈进门来。酒店伙计惊奇地望着这个陌生客人。看上去，他是位饱经风霜的老人，满面皱纹，步履蹒跚，走起路来甚至跌跌撞撞，鼻梁上架着一副老花镜，右手挂着一根看上去已伴随他二十多年的拐棍。

老人一屁股坐在门口的凳子上，打了个手势，请酒店伙计过来，声音颤抖地问："有人问起过我吗？"

伙计被问懵了，忙说："没有啊！"

老人抬起右手，用手指揩了一下脸上的汗水，伤感地说："那么，请给我倒一杯酒来，先生。"

老人叹着气，两只眼睛忧愁地望着门口，慢慢饮完了酒。随后，他用拐棍支着地，哈着腰，低着头，好象寻找坟地似地步出酒店。伙计目送着他，觉得他既可怜又古怪。

十多天过去了，顾客不断光临酒店，酒店伙计几乎忘记了那可怜的老人。但一天夜里，当酒店最后一个顾客走出门时，老人的面孔又出现在门口。他一声不吭地挪进屋内，又坐在门口的凳子上，悲伤地问："有人问起过我吗？"

伙计不安地答道："没有！"

老人抬起右手，用手指揩了一下脸上的汗水，像受了伤似地喃喃说：

"那么，请给我倒两杯酒来。先生。"

老人一口一口地抿着酒，两只眼睛呆呆地凝视着门口。酒杯空了，老人用拐棍拄着地，慢慢站起身，缓缓地挪动着步子，磨蹭着出了酒店大门。

几个月过去了，老人一直未再"光临"酒店。一天夜里……

"有人问起过我吗？"

几年过去了，酒店伙计的答复仍是那两个字："没有！"

老人凄惨地说："那么，请给我拿一瓶酒来，先生！"

伙计同情地问："一瓶酒？"

老人点点头，抬眼看了看他，好像明白了他正在故意找话说。

酒拿来了，老人喝着，喝着，喝光了一瓶酒。伙计的眼睛始终注视着他的脸。

老人用拐棍吃力地撑起身，向酒店大门方向挪动着步子，但一个趔趄，拐棍滑出手，他，一下跌在地上。

他的两腿神经质地勾住一张桌子，颤颤巍巍地伸出右手，抓住桌子腿，挣扎着想站起来，但桌子倒了……

伙计赶忙奔过去，两眼涌着泪水，哭着说："最近好像有人问起过您，爸爸！"